SASCHA BERST-FREDIANI

Reue

REIZ DES VERBOTENEN Warm sind die Sommerwinde, die von Frankreich her hinüberwehen, und mild die Abende. Sie sitzt gern auf der Terrasse – jung, hübsch und sehr allein, weil der Ehemann in der Ferne weilt. Der junge Mieter wiederum ist ungebunden, ein wenig naiv und der attraktivste Junggeselle im Dorf. Am Anfang ist es nur ein Spiel, das sie beginnt, provoziert von ihren Freundinnen. Sie lächelt ihn ein wenig freundlicher an als nötig, grüßt ihn herzlicher und lädt ihn auf ihre Terrasse ein. Es bleibt nicht dabei. Schnell finden sie Gefallen aneinander. Eine Affäre entwickelt sich, der sich die beiden nicht entziehen können. Dabei war es keine unwiderstehliche Anziehung, die sie zusammenbrachte. Es war der Reiz des Verbotenen. Aber einmal verbunden, ist ihre Leidenschaft groß – und beide verlieren die Kontrolle. Sie beschließt, ihrem Mann alles zu beichten. Ist es für die Wahrheit bereits zu spät?

Sascha Berst-Frediani genoss seine Schulbildung in Deutschland sowie Italien. In Freiburg und Paris studierte er Germanistik und Rechtswissenschaften. Inzwischen ist der promovierte Jurist in Freiburg als Rechtsanwalt niedergelassen. Im Jahr 2013 gewann der Autor den Freiburger Krimipreis und im Mai 2015 die »Herzogenrather Handschelle«, den Krimipreis der Stadt Herzogenrath. »Reue« ist nach »Fehlurteil« sein zweiter Krimi im Gmeiner-Verlag.

Bisherige Veröffentlichungen im Gmeiner-Verlag:
Fehlurteil (2014)

SASCHA BERST-FREDIANI

Reue

Die Geschichte eines Mordes

GMEINER SPANNUNG

*Personen und Handlung sind frei erfunden.
Ähnlichkeiten mit lebenden oder toten Personen
sind rein zufällig und nicht beabsichtigt.*

Besuchen Sie uns im Internet:
www.gmeiner-verlag.de

Im Ehnried 5, 88605 Meßkirch
Telefon 07575/2095-0
info@gmeiner-verlag.de

1. Auflage 2018

Lektorat: Sven Lang
Herstellung: Mirjam Hecht
Umschlaggestaltung: U.O.R.G. Lutz Eberle, Stuttgart
unter Verwendung eines Fotos von: © xpixel/shutterstock.com
Druck: CPI books GmbH, Leck
Printed in Germany
ISBN 978-3-8392-2249-2

Dinge, wie sie hier erzählt werden, geschehen. Trotzdem ist diese Geschichte erfunden. Ähnlichkeiten mit wahren Geschehnissen sind so unbeabsichtigt wie unvermeidlich.

I

Sie kamen im Morgengrauen. Lautlos hebelten sie die Haustür auf, verstohlen klingelten sie an der Wohnungstür. Sie öffnete ihnen verschlafen und hätte bei ihrem Anblick beinahe aufgeschrien, aber einer hielt ihr den Mund zu und bedeutete ihr, still zu sein. Sie nickte. Aus dem Schlafzimmer tönte die belegte Stimme eines Mannes: »Schatz, wer ist es denn?« Dann ging alles ganz schnell. Sie stürmten herein, einen Augenblick später hatten sie ihn. »Ihr Schweine!«, schrie er, aber mehr, weil es so dazugehörte. Kaum wehrte er sich. Sie fesselten ihm die Hände auf dem Rücken und brachten ihn hinaus. Die Frau stand im Flur und war wie versteinert. Der Polizist, der ihr den Mund zugehalten hatte, ließ los, blieb aber neben ihr stehen. Er fand sie schön, ungeachtet aller Umstände, und wandte den Blick ab. Sie hätte jetzt etwas sagen können, aber sie fand keine Worte. Sie hätte weinen mögen, aber sie konnte es nicht. Sie starrte den Abgeführten an und schlug ihre Hände vor das Gesicht. Er sah nicht zurück. Dann sank sie stumm auf die Knie. Der Polizist versuchte noch, sie zu halten, bekam sie aber nicht zu fassen. Dass sie nur ein dünnes Nachthemd trug, machte ihn unsicher. Er winkte zwei Beamtinnen herbei, die ihr aufhalfen und sie ins Wohnzimmer führten, wo sie noch einmal in sich zusammensank, das Gesicht so fahl, dass den Frauen angst wurde.

»Der Arzt! Wir brauchen den Arzt«, rief die jüngere von ihnen so lange, bis ein bulliger Mann in orangefarbenem Anorak und weißen Hosen im Türrahmen erschien und nickte, um zu zeigen, dass er da war und die Verantwortung übernahm. Er maß den Puls und den Blutdruck der Halbbewusstlosen und legte mit schnellen Griffen eine Infusion. »War ein bisschen viel für das Mädchen«, sagte er lapidar zu den Polizistinnen, die wie gebannt neben ihm standen und ihren Blick nicht von der Frau lösen konnten. Es waren erfahrene Beamtinnen. Die Arbeit bei der Polizei und der Umgang mit den Männern hatte sie hart gemacht. Trotzdem empfanden sie einen Augenblick Mitleid mit ihrer Schwester, zumindest so lange, bis nicht der Gedanke in ihnen erstand, dass sie letztlich selbst schuld war an dem ganzen Unglück.

Draußen auf der Straße warteten die Nachbarn. Im Dorf stand man früh auf. Der Einsatz blieb nicht verborgen. Unter ihren Augen wurde er noch im Schlafanzug in den Transportwagen gesetzt und angekettet. Sie ahnten, was das zu bedeuten hatte, und schwiegen. Eine der Frauen begann zu weinen und drehte sich zu ihrem Mann, der sie unbeholfen in den Arm nahm. Sie hatten sich lange nicht berührt.

Währenddessen suchte die ältere Polizistin mit geübtem Griff ein paar Kleidungsstücke und die nötigen Toilettenartikel zusammen und verstaute sie in einem Seesack, den sie schnell nach unten in den Transportwagen brachte. Der Einsatzleiter zog die Fahrzeugtür zu und gab das Zeichen zum Aufbruch. Wie Nebel sich im Sonnenlicht auflöst, waren sie keine fünf Minuten später verschwunden. Die Nachbarn standen alleine da. Der Schreck löste ihre Zungen: Sie waren entsetzt. Sie hatten es kommen sehen. Sie verstanden es nicht. Sie hatten Angst, was man jetzt sagen würde über ihr Dorf. Der Junge tat ihnen leid, allen. Die Frau auch, manchen.

II

Noch ehe er erwachte, roch er ihren Duft. Er war überall: im Kissen, im Bettbezug, an seinen Händen und in seinen Haaren. Ein Duft nach … Er wusste nicht, wie er ihn beschreiben sollte. Nach Zitrone vielleicht, nach Zitronen, ja, und nach Mai. Er hätte es früher nicht für möglich gehalten, dass ein Duft nach einem Monat riechen konnte, aber jetzt hätte er keinen passenderen Ausdruck dafür finden können. Ein Duft nach Mai. Er war so intensiv, dass er meinte, sie läge noch neben ihm, als müsste er nur die Hand nach ihr ausstrecken, um sie an sich zu ziehen. Aber sie war ohnehin nicht weit. Nie war sie weit.

Er hielt die Augen geschlossen, um noch ein wenig zu träumen, sie herbeizuträumen, wie sie gestern hier gewesen war, damit sie ihn wieder küsste, wieder berührte, wieder begehrte, so sehr, dass sie unter dem Hauch seines Atems leicht erbebte, dass sich die Härchen an ihren Armen aufrichteten, wenn er sie nur ansah. Dass auch eine Frau so empfinden konnte, wusste er erst, seit er sie kannte, seit sie es ihm gezeigt und mit ihm geteilt hatte. Früher dachte er, das Begehren sei dem Mann vorbehalten, sein Vorzug und manchmal sein Fluch, während die Frau den Mann nur mehr oder minder erdulde. Die Mädchen, mit denen er vor ihr zusammen gewesen war, hatten ihm stets das Gefühl gegeben, dass sie ihm ein Geschenk machten, für das er sich brav bedanken musste, wenn sie mit ihm schliefen. Dass auch Frauen so etwas wie Verlangen empfinden konnten, hatte er gehört und glaubte er wohl auch. Sie hatten es behauptet, und er hatte keinen Grund zu zweifeln, aber es schien klein zu sein neben dem, was er empfand, neben diesem Strom, der ihn so mitreißen konnte, dass ihn nichts mehr hielt.

Bei ihr war das anders, ganz anders. Fast so … Er wagte kaum, den Gedanken zu fassen, der ihm da kam, und er würde ihn auch nie mit jemandem teilen … fast so, also, als wäre sie selbst wie ein Mann, als wäre sie ebenso ergriffen wie er; bat ihn, das zu tun und das, und seufzte, wenn er es tat. Nannte ihn ihren Engel dabei, ihren Liebling, nannte ihn schön, wundervoll, einzigartig, nannte ihn duftend … Ausgerechnet ihn, der doch meist nur nach seinem Motorrad roch, einen Jungen vom Dorf, einen wie die anderen, bei der Freiwilligen Feuerwehr, im Fußballverein. Oder doch nicht nur wie die anderen? In ihren Augen war er schön, unter ihren Händen war seine Haut zart, und wenn sie ihre Nase in seine Achselhöhle steckte, um an ihm zu riechen, dann musste er wohl duften.

Die Erinnerung an sie blieb nicht ohne Folgen, aber er hielt sich zurück. Er wollte sie nicht mehr nur in Gedanken besitzen, wie er es früher getan hatte, weil sie doch morgens und abends an ihm vorbeigelaufen war mit ihrem rotblonden Haar und ihrem Duft nach Zitrone und Mai und all dem Geheimnis, das eine Frau so umgab, die einem nicht mehr aus dem Kopf ging.

So blieb er eine Weile liegen und wollte nicht aufstehen. Halb schlief er wieder ein, halb blieb er wach und dachte an den Tag, der vor ihm lag. Er lauschte, aber er hörte sie nicht, kein Stühlerücken, keinen Staubsauger, kein Steppbett, das ausgeschüttelt wurde. Stattdessen Kinder draußen. Nachbarskinder, er kannte ihre Stimmen. Sie spielten Fangen und Verstecken und lachten dabei, wenn sie fingen und entdeckten – ›Eins, zwei, drei, vier Eckstein, alles muss versteckt sein …‹ Ja, musste es. Alles musste versteckt sein.

III

Sie war mit den ersten Lichtstrahlen erwacht. Thomas neben ihr schlief noch. Sie lauschte auf seine ruhigen und regelmäßigen Atemzüge. Nicht mehr lange und es wäre hell genug, aufzustehen und nach oben zu gehen, ohne Licht zu machen. So schlug sie zwei Fliegen mit einer Klappe: Sie würde Thomas nicht wecken und blieb verborgen vor den forschenden Blicken der lieben Nachbarn, die von dem Moment an auf sie gerichtet waren, als sie hier eingezogen waren. Es hatte sie geärgert, so grundlos unter Verdacht zu stehen, nur weil sie unter der Woche allein und Thomas der hübscheste Junggeselle im Dorf war. Was konnte sie dafür, dass der Vorbesitzer ihm die Einliegerwohnung vermietet hatte? Hätte sie ihn hinauswerfen sollen, als sie das Haus gekauft hatte und eingezogen war? Sie hatte nie jemandem Anlass zu Klatsch gegeben. War ihrem Mann stets treu und den beiden Freunden, mit denen sie vor ihm zusammen gewesen war, auch. Sie war nicht so eine, sie war kein … Flittchen! Und trotzdem von Anfang an diese Blicke und Anspielungen – vor allem von ihren Freundinnen. Schon beim ersten Kaffeeklatsch im neuen Haus, ein Geschnatter wie von aufgeregten Gänsen, immer lauter, immer schriller. »Und hier wohnt auch *unser* Thomas?« »Mit dem unter einem

Dach, das würde bei mir keine zwei Wochen gut gehen!« »Der hat ja vielleicht einen süßen Hintern!« »Hintern? Ich würde gerne mal sehen, wie das vorn herum so aussieht!« »Nicht schlecht, nach allem, was man so hört!« »Was? Wirklich? Erzähl!!« »Die Ulrike, die hatte wohl mal was mit ihm – und so!« Und dabei erhob diese Gans beide Zeigefinger, die immer weiter auseinandergingen, bis sie irgendwann bei der Länge einer Salatgurke angekommen waren, und das übrige Federvieh sich gar nicht mehr einkriegen konnte.

Und ausgerechnet Ulrike soll ihn gehabt haben! Dieses Bauerntschuntschi mit ihren dicken Möpsen, die schon mit 14 für jeden polnischen Spargelstecher die Beine breit gemacht hatte, wenn er ihr nur eine Cola dafür versprach. Der Gedanke machte sie jetzt noch verrückt. Sie musste sich beherrschen, Thomas nicht wachzurütteln, um ihn zur Rede zu stellen! Wie konnte er nur!

Überhaupt – wäre die Geschichte mit Ulrike nicht gewesen, wäre nie irgendetwas passiert. Nie, das könnte sie schwören. Dann wäre Thomas ihr hübscher Mieter und Nachbar geblieben. Sie hätte ein wenig für ihn geschwärmt und sich vielleicht manchmal vorgestellt – aber wirklich nur manchmal –, dass da gerade nicht ihr Mann neben ihr läge in ihrem verschlafenen Ehebett, sondern Thomas, und es wäre nichts weiter gewesen. Thomas hätte irgendwann eine nette Freundin gefunden, die hier vielleicht eingezogen wäre, und mit der sie sich angefreundet hätte. Sie hätten zusammen auf der Terrasse gesessen, ein Glas Sekt getrunken und über ihre Männer gesprochen, wie Freundinnen und

Nachbarinnen das tun. Punkt. Dabei wäre es geblieben und nichts weiter. Nie hätte jemand erfahren, wie sie an Thomas dachte, und sie sich wohl auch fragte, wie das so aussah bei ihm … vorne rum. Niemand hätte es erfahren. Aber die Vorstellung, diese Ulrike, ausgerechnet diese Plumpskuh, hätte etwas gehabt, das sie sich mühsam verkneifen musste, konnte sie nicht ertragen. Dabei wusste sie gar nicht, ob sie diese Geschichte mit Ulrike für bare Münze nehmen sollte. Eines war klar: Das mit der Salatgurkengröße hatte sie nicht geglaubt, von Anfang an nicht, und wie erleichtert war sie, als sie feststellte, dass sie damit recht hatte … Erstens weil so ein Format gar nicht so angenehm war, fand sie zumindest, und zweitens weil dann eben auch viel dafür sprach, dass an der anderen Hälfte des Gerüchts auch nichts dran war, also an der Ulrike-Hälfte. Obwohl – also klein war er natürlich nicht. Er war schon ordentlich, und vielleicht hatte Ulrike einfach ein wenig übertrieben und jede, die es weitererzählte, fügte noch ein paar Zentimeter hinzu. So wie Angler, die sich über ihren Fang unterhielten. Ach, sie wusste es doch auch nicht! Und natürlich hatte sie Thomas gefragt, ob da was mit Ulrike war, aber der leugnete es jedes Mal, wenn sie ihn darauf ansprach, was sie an seiner Stelle allerdings auch getan hätte, denn das mit Ulrike war schließlich kein Ruhmesblatt. Und deswegen wusste sie auch nicht, ob sie ihm da trauen konnte.

Und wegen Ulrike hatte sie eben langsam angefangen mit diesem Spiel. Ihn angelächelt, wenn er ihr im Treppenhaus begegnete, erst noch zurückhaltend, dann ein wenig offener. Ihn ein bisschen freundlicher begrüßt, als sie es bei einem netten Mieter sonst tun würde. Vielleicht auch ein ganz klein wenig mit den Hüften gewackelt, wenn sie vor ihm herging, aber wirklich kaum merklich … nur um zu sehen, wie er reagierte, ob er ihr nachsah, wenn sie vorbeiging, ob er verlegen wurde, wenn sie stehen blieb. Hatte also begonnen, mit dem Feuer zu spielen und der Flamme, die da wuchs, langsam, langsam Nahrung gegeben; begonnen, das immer gleiche reizende, verlockende und unendlich gefährliche Spiel zu spielen. Und ja, offensichtlich fand er sie attraktiv, denn es ging nicht lange, bis er sie so ansah mit diesen großen sehnsüchtigen Augen, die er machen konnte, ein Blick wie ein Kalb. So ein hübscher Junge und offenbar gar nicht gewöhnt, dass sich eine Frau für ihn interessierte und ihre Netze spann … Hatte sich offenbar noch keine geraut. Diese Mädchen vom Dorf sind doch alle ein bisschen einfältig, selbst wenn es darum ging, so einen Fang zu machen! Die sitzen da und warten, dass der Märchenprinz kommt, anstatt ihn ein bisschen anzulocken. Und daher kommt dann meist auch kein Märchenprinz, sondern nur so ein Bauerntrampel daher und den nehmen sie dann eben, weil sich nichts anderes findet.

Und natürlich hatte er zu verbergen versucht, was da in ihm vorging, aber das war ihm natürlich ebenso nicht gelungen. Es gelingt Männern ja meistens nicht, etwas zu verbergen, sie sind viel zu leicht zu durchschauen … Aber wie es dann weiterging, damit hätte sie nicht gerechnet. Dieser Abend auf der Terrasse und wieder diese verliebten Kalbsaugen, die sie so anrührten, dass sie ihn einfach küssen musste; und noch während sie ihre Lippen auf seinen Mund presste und spürte, wie sich seine Zunge Bahn brach, wie sie es seitdem immer wieder und auch an ganz anderer Stelle tat, wusste sie, das würde Ärger geben, gewaltigen Ärger. Aber das war ihr in dem Moment zu ihrer größten Überraschung völlig egal. Und auch jetzt lächelte sie bei der Erinnerung und bereute nichts.

Thomas neben ihr atmete ruhig und tief. Man hätte eine Granate neben ihm zünden können, er wäre nicht aufgewacht. Sein Körper strahlte Wärme aus wie ein Ofen, seine Haut war trocken und glatt und duftete nach Erde.

Sie stand vorsichtig auf, angelte ihr Kleid und ihre Wäsche aus einem kleinen Haufen vor dem Bett und ging leise in den Flur, um sich anzuziehen. Dabei ließ sie die Tür zum Schlafzimmer einen Spalt weit auf, um immer wieder einen Blick auf ihn zu werfen, ihn zu beobachten, wie er da lag, den Unterleib in das weiße Laken gehüllt, über das langsam die Morgensonne kroch. Irgendwann drehte er sich um, schmatzte eine wenig und tastete mit der Hand über die Matratze. Er schien sie im Schlaf zu suchen, wachte aber nicht auf, obwohl das Bett neben ihm leer war. Wieder so etwas, was sie an den Männern nicht verstand. Da konnten sie voller Inbrunst ewige Liebe schwören, aber bemerkten nicht, wenn sich die Geliebte frühmorgens aus dem Bett stahl … Und wenn sie es denn ausnahmsweise doch bemerken sollten, drehten sie sich um und schliefen weiter.

Vorsichtig schloss sie die Tür und wandte sich zum Gehen. Bevor sie die Wohnungstür öffnete, lauschte sie ins Treppenhaus, um sicher zu sein, dass niemand da war, der sie hätte überraschen können. Das war zwar beinahe ausgeschlossen, denn ihr Mann war in der Kaserne, und es wohnten nur sie beide und Thomas im Haus, aber sicher war sicher. Nachdem sie sich überzeugt hatte, öffnete sie vorsichtig die Wohnungstüre und schlich nach oben, lautlos und unbemerkt.

Als sie in ihrer leeren Wohnung stand, kam sie sich für einen Moment erbärmlich vor, wischte den Gedanken aber schnell und so gut es ging beiseite. Was sie sich dabei dachte, ein Verhältnis zu haben und ihren Mann zu betrügen, konnte sie nicht sagen. Sie wusste es nicht. Sie hatte sich die Frage schon gestellt, weiß Gott mehr als einmal, aber keine Antwort gefunden. Sie hatte sich sogar ein paar Frauenmagazine gekauft, was sie normalerweise nie tat, die das Thema behandelten. Doch der lockere und ironische Ton, den die Artikel anschlugen und der bedeuten sollte, dass das alles im Grunde ganz locker und ganz easy war, störte sie. Für sie war ein Ehebruch nicht locker und easy. Er passte auch gar nicht zu ihr und schien ihr deswegen oft auch gar nicht wahr. Sie, sie war nicht so eine. Wenn diese Ulrike ihren Mann betrügen würde, worauf Sabine schwören konnte, dann war sie ein Flittchen. Das war Ulrike aber selbst dann, wenn sie ihren Mann vielleicht nicht betrog. Denn sie war es einfach schon ihrem Wesen nach, auch wenn sie ihm ein paar Jahre lang zufällig treu wäre, weil gerade kein polnischer Spargelstecher zur Hand war. Es war nur eine Frage der Zeit, bis das Flittchen aus ihr herausbrach und sie ihn betrog. Bei ihr dagegen war das umgekehrt. Sie, Sabine, war eben kein Flittchen, sie war im Grunde treu. Es war daher auch nur eine Frage der Zeit, bis die Treue wieder aus ihr herausbrach. Und deswegen war sie eben auch kein Flittchen, sondern nur vorübergehend nicht ganz treu. Wenn sie nur einen Schnupfen hatte, war sie schließlich auch nicht krank, sondern eben nur für einen Moment nicht ganz gesund. Fand Sabine.

Sie roch Thomas erdigen Duft an sich und ergab sich kurz der Versuchung, nicht zu duschen, um den Geruch noch ein wenig an sich zu tragen wie ein Parfum. Stattdessen machte sie sich einen Kaffee, den sie im Stehen trank, und stellte sich mit ihrer Tasse ans Fenster, um auf die Straße zu sehen. Die Bäuerin vom Hof am Ende der Straße war schon wach und mit einem Leiterwagen unterwegs. Als ob sie den Blick gespürt hätte, sah sie nach oben zum Fenster, hinter dem Sabine stand. Sabine nickte zur Begrüßung mit dem Kopf und winkte zaghaft. Die Bäuerin nickte zurück, aber der Gruß hatte nicht viel Freundliches, eine knappe Geste, mehr angedeutet als ausgeführt, weil man sich eben grüßt in der Nachbarschaft auf dem Dorf.

Sie verurteilt mich, dachte Sabine, sie verurteilt mich, obwohl sie gar nichts wissen kann von mir und von Thomas, und dieser Gedanke empörte sie so sehr, dass sie diese Nachbarin am liebsten zur Rede gestellt hätte, wieso sie sich einbildete, über sie den Stab zu brechen. Die Bäuerin hätte sie doch ebenso verurteilt, wenn sie sich nicht mit Thomas eingelassen hätte. Nur weil sie unter dem gleichen Dach wohnten, hätte sie sie verurteilt. Daher war es im Grunde nur richtig, es auch zu tun. Und was sagte es schon, dieses Wort, Treue? Gar nichts sagte es. Fand Sabine.

Als Sabine den Kaffee ausgetrunken hatte, überwand sie sich, doch zu duschen. Das Wasser tat ihr gut, es spülte die Nacht fort und die Dinge, die sie getan hatte; mit der Reinigung kam das Vergessen. Sie trocknete sich sorgfältig ab, föhnte ihre rotblonden Locken und schminkte sich dezent, wie ihr Beruf es verlangte. Dann zog sie ein dunkelblaues Kostüm und eine anthrazitfarbene Bluse an und dachte an ihre Arbeit. Die Bank öffnete um neun, aber sie wollte vor den Schalterstunden noch etwas vorbereiten. Heute würde es eine Revision geben, und sie sollte ihre Unterlagen griffbereit und in Ordnung haben. Bevor sie ging, fragte sie sich, ob sie vielleicht ihren Mann anrufen sollte, wie sie es früher manchmal getan hatte, wenn er im Dienst war, verwarf den Gedanken jedoch schnell wieder. Sie hätte nicht gewusst, was sie ihm hätte sagen sollen, und er nicht, wieso sie ihn anrief.

Vom Beginn ihrer Beziehung an hatten sich ihre Gespräche auf praktische Fragen beschränkt. Ein gemeinsamer Haushalt war billiger als zwei, also zog man zusammen. Durch das Ehegattensplitting sparten sie pro Jahr rund 4.000 Euro, deswegen heirateten sie. Mit dem eingesparten Geld und einem günstigen Kredit ließ sich Sabines Traum verwirklichen, ein Haus zu kaufen. Also taten sie es. An seinen Standort zu ziehen war sinnlos, weil er ja doch jederzeit wieder versetzt werden konnte, also führte man eine Wochenendbeziehung. Und dann, als das alles geklärt und erledigt war, beschränkte sich ihre Konversation darauf, zu entscheiden, wer was einkaufte, zu fragen, ob sie schon seine Hemden gebügelt und er im Gegenzug den Müll heruntergebracht oder den Rasen gemäht habe.

Dass sie sich nur am Wochenende sahen, machte es erträglich. Eine Samstags- und Sonntagsehe … Das war auszuhalten. Das hatte ihr von Anfang an gut gefallen. Wenn es ihr zu langweilig wurde, weil er neben ihr auf dem Sofa saß, Bier trank und nichts sagte, dann holte sie ihre Bücher und lernte für die nächste Prüfung. Sie fand das sehr praktisch, denn sie wollte weiterkommen. Finanzassistentin. Das war die nächste Stufe, auf die sie hinaufwollte, dann vielleicht noch ein Bachelor an der VWA – wer weiß. Man sollte aus seinem Leben etwas machen. Fand Sabine. Dafür war die Wochenendehe irgendwie perfekt. Wenn sie einen Mann gehabt hätte, der die ganze Zeit zu Hause war und versorgt werden wollte, und dann vielleicht auch noch Kinder, dann hätte sie sich die Karriere abschminken können. Dann wäre sie in der hiesigen Sparkassenfiliale versauert. Und das wollte sie nicht. Die Sache mit Thomas passte da zwar irgendwie nicht rein, das war ihr klar, aber sie hätte im Moment trotzdem nichts dagegen tun können.

Als sie in ihren Golf stieg, war die Straße noch leer. Weit und breit kein Mensch, weit und breit keine Kinder. Thomas schlief noch.

IV

»Eins, zwei, drei, vier Eckstein …« Der Gedanke riss ihn aus der Zwischenwelt von Traum und Erwachen und verdarb ihm die Laune. »Alles muss versteckt sein!« Wieso eigentlich? Wieso? Man konnte doch reden, die Karten auf den Tisch legen und das war es dann. Wieso diese Rücksicht auf jemanden, der ohnehin kaum da war? Immerhin hatten sie noch keine Kinder. Mit Kindern wäre das natürlich etwas anderes. Aber so? Eine Scheidung – mein Gott – war doch nicht mehr die Welt, noch nicht einmal hier. Klar würde man sich das Maul zerreißen, eine Weile, aber das ging vorbei, zwei, drei Monate, dann gäbe es wieder etwas Neues, das die Männer am Stammtisch und die Frauen beim Kränzchen besprechen konnten. Den Soldaten mochte ohnehin keiner. Ein Angeber, zu laut, zu aufbrausend und nicht in der Freiwilligen Feuerwehr. Sie hatte etwas Besseres verdient, hübsch und gescheit wie sie war. Das sagten alle. Und wieso nicht ihn? Wieso sollte sie ihn nicht verdient haben, und er sie? Aber gut. Er hatte ihr versprochen, sich rauszuhalten, und sein Wort war ein Wort, sein Versprechen war ein Versprechen, das hielt er ein. So war er, darauf konnte sie sich verlassen. Auch wenn, auch wenn … Auch wenn es wehtat, verdammt! Wehtat, wenn der andere da war, wenn er seine Schritte hörte und seine laute Exerzierplatz-Stimme.

Besser nicht daran denken, besser nicht daran denken. Besser nicht … daran denken.

Er hatte frei heute, Überstunden … Keine Pflichten, er musste nur kurz zu einem Kumpel. Der Motor seiner Maschine klopfte so komisch. Hatte vielleicht das falsche Öl erwischt. Frank kannte sich aus. Der war ein super Schrauber und ein super Kumpel noch dazu. Auch in der Feuerwehr, klar. Hatte schon früh gesehen, was da bei ihm los war … Praktisch schon am ersten Tag, als sie eingezogen waren.

»Die Sabine wohnt doch jetzt über dir, oder?«

»Ja, die haben das Haus gekauft. Warum?«

»Hübsches Ding.«

»Kann sein.«

»Ist so. Aber Finger weg, ja?«

»Und wieso?«

»Auf Haustauben schießt man nicht.«

»Die ist eh verheiratet.«

»Eben.«

Aber wenn man sie dann täglich sieht und hört und riecht? Was soll man da machen? Wegsehen, wenn sie die Treppe hochgeht und ihr leichter Rock so ein wenig schwingt? Wegsehen, wenn der Blick frei ist auf ihre Unterschenkel, glatt, rasiert und makellos? Weghören, wenn sie freundlich »Hallo« sagt oder »Salli!«, wie man hier eben so sagt, und ihn dabei anlacht mit ihren weißen Zähnen wie aus der Zahnpasta-Werbung, weil sie ihn schon auch mochte vom ersten Moment an? Und wegriechen, wenn da noch dieser Duft von ihr hing im Treppenhaus, dieser Duft nach Mai und Zitrone? Und wenn sie in den ersten Frühlingstagen allein auf der Terrasse saß, und das Radio spielte ein Lied, zu dem sie summte, allein, fast immer allein, was sollte er da machen? Er hatte ja oft genug versucht, nicht hinzusehen, nicht hinzuhören und nicht hinzugehen, wenn sie ihn kurz rief: »Hallo, Thomas, komm doch kurz rüber!« Aber er schaffte es nicht und kam dann eben doch kurz rüber und trank einen Kaffee mit, oder vielleicht auch mal ein Glas Winzersekt mit Holunder, vom Rudi, der den besten machte im Dorf. Alles andere wäre ja auch unhöflich gewesen, und unhöflich war er nun mal nicht.

Es gab da dieses Lied, das sie immer im Radio spielten: *Summer Wine*. An diesen Song musste er immer denken und ihn vor sich hin singen, obwohl das eigentlich gar nicht seine Musik war. Er stand sonst mehr auf Metal. Aber diese eine Textzeile von Erdbeeren und Kirschen und dem Kuss eines Engels im Frühling, die ging ihm genauso wenig aus dem Kopf wie sie …

Und dann kam dieser eine Abend. Anfang Mai war es und gerade mal ein paar Wochen her. Ein fast schon sommerlicher Tag, wie es sie hier manchmal gibt. Er hatte mit Frank eine Tour mit den Motorrädern gemacht: drüben in den Vogesen. Eine lange Tour, erschöpfend, wunderschön. Serpentinen, die hinauf zu schwarzen Fichtenwäldern und hinab in schroffe Schluchten führten, verschmolzen mit der Ducati, die auf die kleinste Bewegung und jede noch so kleine Drehung am Gaszug reagierte, sodass er meinte, er fliege. Und dann zu Hause, müde, glücklich, noch halb im Rausch, fand er sie wieder einmal allein auf der Terrasse sitzend, die Luft wie an einem Sommerabend so warm, und sie sagte: »Hallo, Thomas! Komm doch noch rüber.« Ja, und da kam er rüber und hat für einen einzigen Augenblick nicht aufgepasst und die Kontrolle verloren, vielleicht weil er während der Tour die Kontrolle bei aller Geschwindigkeit und allem Rausch eben nicht hatte verlieren dürfen, und hat ihr für einen Moment zu lange in die Augen gesehen, für einen winzigen Moment nur, einen Sekundenbruchteil nur, kaum wert, Moment genannt zu werden, aber sie wusste sofort Bescheid, wie Frauen eben manchmal sofort Bescheid wissen, während die Männer gerade einmal zu ahnen beginnen, was sich da abspielt. Und es wäre echt okay gewesen, wenn sie ihn sofort weggeschickt hätte. Das hätte er verstanden. Das wäre ihm vielleicht sogar lieber gewesen, immerhin war sie verheiratet und auch noch seine Vermieterin, aber nein, sie hat ihn nicht weggeschickt. Zum Glück, zum Unglück. Sie hat ihn nur angesehen und gesagt: »Ich weiß.« Und ihn geküsst, sofort und ohne auch nur einen Moment zu zögern und ohne eine Spur schlechten Gewissens. Und in diesem Kuss entstanden die Melodie und diese Zeile vom Sommerwein und dem Kuss eines Engels. Wobei, ein Engel, das war sie nun nicht. Aber was will ein Mann auch mit einem Engel?

Um ehrlich zu sein – aber nur, um ganz ehrlich zu sein –, war er da, als er sie zum ersten Mal küsste, noch nicht völlig in sie verliebt. Das würde er ihr natürlich niemals sagen, und wenn er jetzt wirklich schon wach wäre, auch vor sich selbst nicht zugeben. Sie gefiel ihm und spukte immerzu in seinem Kopf herum, aber es war nicht so, dass er nicht auch mit einer anderen noch etwas hätte anfangen können oder das Gefühl gehabt hätte, ohne sie nicht mehr leben zu wollen. Aber genau dieses Gefühl empfand er, kaum dass die Nacht vergangen war, die diesem Kuss folgte.

Die Alten hatten es kommen sehen, aber das tun sie ohnehin immer. So ein junger hübscher Kerl im gleichen Haus wie so ein junges hübsches Ding, deren Mann nie da ist. Das hat man schon oft genug erlebt. Da hilft nichts, kein Ehegelübde, kein noch so guter Vorsatz und kein Pfarrer. Der Mann ist ein Mann, die Frau ist eine Frau, und wer seine Frau mit einem anderen Mann zu lange allein lässt, ein Trottel. So war die Natur. Es ging nicht anders. Die Alten hatten es kommen sehen und geschwiegen. In einem kleinen Dorf behält man die wirklich ernsten Dinge für sich. Es hängt zu viel dran, die Ehre und der Hof – vor allem der Hof. Das ist nicht wie in der Stadt, wo die Leute über alles reden und alles zerreden, so lange, bis nichts mehr Bedeutung hat und nichts mehr Folgen. Nein. Im Dorf sieht man es und schweigt und manchmal freut man sich sogar oder hat Mitleid, je nachdem.

Davon wusste Thomas aber nichts. Er schlug jetzt die Augen auf. Die Kinder ließen ihn nicht mehr schlafen und auch nicht die Heimlichkeit. Er lauschte noch einmal, aber er hörte sie immer noch nicht. Vielleicht war sie schon weg. Sie war ohnehin meist vor ihm wach. Er stand auf, kochte Kaffee und richtete sich ein kleines Frühstück mit Butter, zwei Scheiben Schwarzbrot und Schinken. Er mochte es morgens gerne ein wenig deftiger. Mittags und abends eigentlich auch: Schwarzwälder Schinken und Speck, Schwarzwurst mit Senf,

Linsen mit Saiten, Schlachtplatte mit Blut- und Leberwurst. Abends auch mal einen Gutedel dazu, einen hiesigen natürlich, etwas anderes kam überhaupt nicht infrage. Aber das war nicht ungewöhnlich, so hielten es die anderen Männer hier und die meisten Frauen auch.

Die Sonne stand über den Wipfeln und beschien seine kleine Terrasse. Das Haus war an einen Hang gebaut, seine Wohnung, die Einliegerwohnung, hatte eine Ostterrasse, die obere Wohnung eine Westterrasse und einen Garten. Er setzte sich mit seinem Kaffee, mit seiner Zeitung und seinem Frühstück an sein kleines Tischchen. Die alten Bäume sangen im Wind. Die Kinder rannten die Straße hinunter. Beim Nachbarn gegenüber schlug ein Hund an. Die Zeitung richtete seinen Blick in die Welt, aber die Welt interessierte ihn heute wenig. *Sie* interessierte ihn und immer nur wieder sie. Warum gab es dagegen eigentlich kein Mittel? Warum konnte man nicht einfach eine Pille schlucken oder zwei und die Frau vergessen, die einem da durch den Kopf spann? Wieso hieß es eigentlich, die Liebe wäre so schön? Er hatte ja an nichts mehr Freude, seit er sie zum ersten Mal geküsst hatte, nicht am Motorradfahren, nicht am Fußballspielen, nicht an seinen Kumpels. An nichts außer an ihr hatte er Freude, und an ihr auch nur dann, wenn er nicht an den anderen dachte. Und das war gar nicht so einfach. Wenn er da war, musste er fast schon fliehen, um nicht an ihn zu denken. Es reichte ein Geräusch aus der anderen Wohnung, um ihn wahnsinnig zu machen. Wenn jemand einen Stuhl rückte, wenn eine Tür geschlossen wurde, wenn er die Stimmen im Gang hörte. Jedes Mal war er sicher, der andere würde sie jetzt an sich ziehen und begrapschen, mit seinen hässlichen Händen, und zu küssen versuchen, mit seinem immer nach Bier stinkenden Mund. Natürlich hatte sie ihm gesagt, dass mit ihrem Mann im Bett längst nichts mehr lief, aber konnte er das glauben? Der andere war ja auch noch jung, und selbst wenn er immer wieder einen über den Durst trank, würde er schon noch können und wollen, da war Thomas sich sicher. Ein Mann war eben ein Mann. Und würde sie ihn immer abwehren können und wollen, auch nachts im Bett, wenn beide vielleicht schon im Halbschlaf waren? Da war er sich eben nicht sicher, im Gegenteil, er war sich eher sicher, dass sie es nicht konnte und vielleicht auch nicht *wollte* … Und genau das machte ihn wahnsinnig. Ja, wahnsinnig – er hätte es hinausschreien mögen, das Wort, WAHNSINNIG. Er hatte es auch schon getan. War mit der Ducati auf den Schauinsland gefahren, hatte sich eine menschenleere Stelle gesucht und es geschrien!! WAHNSINNIG – SIE MACHT MICH … wahnsinnig. Aber es hatte nichts genützt – natürlich nicht.

Er hatte mit ihr darüber zu sprechen versucht, aber sie waren in Streit geraten. Er sagte ihr, wie sehr es ihn wahnsinnig machte, dass sie auch mit dem anderen schlief, und sie hatte ihm Vorwürfe gemacht, weil er ihr misstraue. »Wie kannst du so etwas überhaupt nur denken?«, herrschte sie ihn an, mit überschlagender Stimme und einer Empörung, vor der er zusammenzuckte. Dabei war es doch nun einmal natürlich, dass ihr Mann … Immerhin waren sie verheiratet und der andere nicht impotent, obwohl er so viel soff. Tränen hatte es gegeben an dem Abend, Tränen und laute Worte und bei Blut und Leben geschworene Treue und dann waren sie übereinander hergefallen wie Raubtiere.

V

Der Mannschaftswagen brachte ihn nach Lörrach. Das hatte er schnell begriffen, schon nach der ersten Kurve war ihm das klar. Über den Schwarzwaldgipfeln erhob sich die Sonne und versprach einen weiteren schönen Frühsommertag. Im Rheintal standen noch ein paar Nebelschwaden, die sich bald auflösen würden. Es war ihm gleich. Was sollte er sich darum kümmern, wie das Wetter war? Er dachte an Sabine.

Dass er hier im Schlafanzug saß, missfiel ihm. Er kam sich ungeschützt und nackt vor in dieser Kleidung. Er sah an sich hinunter, um festzustellen, ob die dünne Hose wenigstens sauber war; manchmal passierte es ja, dass noch der ein oder andere Tropfen hängen blieb und dann einen kreisrunden Fleck hinterließ, wo man ihn am wenigsten sehen wollte. Aber ja, die Hose war sauber. Zumindest das. Dafür begann sie am Hosenboden langsam festzukleben. Die Sitzbezüge waren aus Plastik. Sobald man saß, begann man zu schwitzen.

In dem Wagen roch es nicht gut. Er mochte nicht daran denken, wie viele sich hier schon erbrochen oder entleert hatten …

Ein junger Polizist saß ihm gegenüber und behielt ihn im Auge. Scheißjob, dachte er und nickte ihm zu, um ihm zu zeigen, dass er das hier jetzt nicht persönlich nahm. Der Polizist nickte zurück, wenigstens das.

»Ich würde mir gerne etwas anderes anziehen«, sagte er und deutete an sich herunter.

»Das entscheiden gleich die Kollegen«, sagte der Junge kühl. Doch kein netter Kerl, dachte er.

In einer halben Stunde waren sie da. Der Polizist löste die Handschellen und führte ihn aus dem Wagen, wo zwei große und kräftige Kollegen auf ihn warteten, um ihn in Empfang zu nehmen. Sie waren älter als sein Aufpasser. Er hoffte, sie wären auch etwas verständnisvoller, und wiederholte seine Bitte.

»Das sollte gehen«, antwortete einer der beiden, während sie ihn über den Hof führten. Das beruhigte ihn. Klare Notwendigkeit, dachte er, klare Notwendigkeit.

VI

Sein Schädel dröhnte. Seine Zunge klebte am Gaumen. Im Mund der Geschmack von schalem Bier. Er hätte unbedingt noch zwei Stunden weiterschlafen sollen, aber seine Blase trieb ihn raus. Konnte schließlich nicht ins Bett pissen. Vorsichtig öffnete er die Augen. Es war viel zu hell, und es war viel zu laut, und es war viel zu alles. Schröder jagte die Füchse über den Hof. War ja auch richtig so, aber musste er so brüllen? »Links! Hopp, hopp, hopp! Rechts! Schneller, schneller!« Klar musste Schröder so brüllen, aber heute Morgen war's nun mal zu viel.

Toilette war auf dem Flur, in seinem Zimmer hatte er nur ein Waschbecken. Er hatte aber keine Lust, jetzt über den Gang zu huschen, wo ihm vielleicht jemand begegnen würde, und entschied sich für das Naheliegende. War aber gar nicht so einfach. Die Blase drückte auf die Prostata, was zu einer prächtigen Morgenlatte führte, was an sich nicht schlecht war. Aber eben das machte das Wasserlassen kompliziert. Jetzt ging es auch noch daneben. Das musste er gleich aufwischen, sonst stank das. Oh, Mann! Hauptfeldwebel Holzer pisst daneben. Er hatte es vielleicht doch ein wenig übertrieben gestern. Er versuchte, sich zu erinnern, wie viel er getrunken hatte, und kam auf etwa zehn Bier. Das war an sich okay, aber den Schnaps hätte er vielleicht stehen lassen sollen. Korn, ausgerechnet! Den trank er normalerweise nicht, der war was für Nordlichter. Schmeckt nicht, aber dreht eben. Endlich ließ der Druck in seiner Blase nach. Was für eine Wohltat! Er drehte den Hahn auf und ließ Wasser in das Becken laufen. Sein Spiegelbild beunruhigte ihn. Das Gesicht verquollen, seine Augen rot und glasig. Er musste sich unbedingt noch einmal hinlegen. Matratzenhorchdienst. Immer wichtig bei der Truppe. Er ging zurück zum Bett und ließ sich auf die Matratze fallen. Mit jedem Herzschlag dachte er, sein Schädel würde platzen.

Wenn er nur wieder einschlafen könnte! Er drehte sich auf den Rücken. Er drehte sich auf die Seite. Er drehte sich auf den Bauch. Ein bisschen etwas von der Morgenlatte war noch da, wenigstens das. Aber zustande bringen würde er jetzt ohnehin nichts. Er drehte sich ein weiteres Mal auf die Seite, schwor, nie wieder so viel zu trinken, drehte sich wieder auf den Rücken und schwor abermals. Dann wischte er sich den Schweiß ab und drehte sich erneut auf die Seite. Irgendetwas war mit seiner rechten Hand. Sie tat weh bei jeder Bewegung. Er sah sie an: keine Schramme zu sehen. Er schloss die Augen wieder und schlief ein.

Irgendjemand schlug gegen seine Tür. »Holzer, die warten auf Sie!«, brüllte es. Scheiße, verpennt! Scheiße, scheiße, scheiße! Dabei hatte er gerade noch so schön geträumt. Baseball mit den Amis, sein Lieblingstraum, aus der Zeit, als er noch in Ramstein stationiert war. Es half nichts. Raus aus dem Bett! »Komme gleich, komme gleich!«, antwortete er mit belegter Stimme und suchte seine Klamotten zusammen. Ein bisschen Wasser ins Gesicht, Kamm durchs feuchte Haar, Deo, das musste reichen. Mist, da war auch noch die Pfütze neben dem Becken! Nachher, das würde er nachher wegmachen!

Er zog die Uniform an, so schnell es ging. Ein Blick auf die Uhr. 15 Minuten zu spät. Das ging ja noch! Würde sich schon keiner beschweren von den Jungs, und wenn, dann gab's eins auf die Zwölf. Schnell ging er die Flure entlang und ins Untergeschoss. Vor dem Eintreten in den Schulungsraum noch einmal Luft holen und dann Tür auf. Keine Müdigkeit vortäuschen! Immer ran an den Feind.

»Guten Tag, meine Herren!«, brüllte er, kaum war er eingetreten. Man sprang auf und stand stramm. Lauter junge Gesichter, manche noch verpickelt, so jung. »Guten Tag, Herr Hauptfeldwebel!«, wie aus einer Kehle. So musste das sein. So wollte er das. Nicht anders.

»Entschuldigen Sie die Verspätung, wurde noch in der Schreibstube aufgehalten …« Er ließ sich zu einer Erklärung hinreißen. Das war schon falsch! Ein Vorgesetzter entschuldigt sich nicht. Man gab ihnen den kleinen Finger und sie … was taten sie? Sie grinsten, grinsten ihn an, über alle Backen! Pickelgesichter, die grinsten.

»Amann, was gibt's da zu grinsen!«, blaffte er den Ersten an, der ihm unterkam. War ein Schwarzwälder, an sich in Ordnung, aber jetzt war er fällig.

»Nichts, nichts, Herr Hauptfeldwebel«, stammelte Amann schwerfällig. Er war es nicht gewöhnt, zu sprechen.

»Na, dann lassen Sie es, oder wollen Sie am Wochenende nicht nach Hause fahren?«

»Doch«, antwortete Amann eingeschüchtert und nach einer Pause: »Schon.«

»Was ist denn das, ›doch … schon‹?«, äffte er ihn nach und hatte zwei Lacher auf seiner Seite – die üblichen Arschkriecher. »Seit wann spricht man hier nicht mehr in ganzen Sätzen?« Das mit den ganzen Sätzen hatte er von einem früheren Vorgesetzten. Er fand, das hörte sich gut an. Eine Forderung, der man nicht widersprechen konnte. Man spricht in ganzen Sätzen!

»Entschuldigung«, erwiderte Amman und sah zu Boden, »ich möchte schon nach Hause fahren, Herr Hauptfeldwebel.«

»Na, dann haben wir uns ja verstanden, Gefreiter Amann.«

»Jawohl, Herr Hauptfeldwebel!«

Er sah in die Runde. Keiner grinste mehr. Amann sah weiter betreten zu Boden. Sein Nachbar dagegen, so ein Schnösel aus dem Rheinland, hatte etwas Abschätziges im Blick. Der hielt sich für etwas Besseres, besser als Amann und besser als Holzer. War schnell mit der Gosche der Junge, wie die eben so waren im Rheinland. Das würde er ihm aber noch austreiben. Aber heute lieber nicht. Dazu dröhnte ihm der Schädel zu sehr.

»Hitler und de Gaulle!«, sagte er mit einem Mal. »Hitler und de Gaulle!« Er hatte sich diesen Satz so effektvoll vorgestellt, als er die Stunde vorbereitet hatte: Große Augen, staunende Gesichter, wenn er diese Namen nannte, aber niemand reagierte. Sie sahen einfach weiter gelangweilt in die Runde. So ein desinteressiertes Pack! »Hitler und de Gaulle«, wiederholte er noch einmal, »was haben die beiden wohl gemeinsam? Oder besser, was hat Hitler von de Gaulle gelernt und was hat de Gaulle an Hitler bewundert?«

Leere Gesichter, leere Gesichter mit Pickel. Die Jungs hatten keine Ahnung, keine Ahnung und auch keinen Ehrgeiz.

»Na, Schmitz! Dem Rheinländer ist de Gaulle ja näher ... was meinen Sie dazu?« Wenn die Jungs schon keinen Plan hatten, konnte er jetzt wenigstens punkten und endlich einmal diesen Rheinländer vorführen. Schon um ihm diesen Blick abzugewöhnen. Schmitz sah gelangweilt auf, ein ironisches Lächeln auf den Lippen. Gerade wollte er sich darüber lustig machen, dass auch ein Rheinländer einmal stumm bleiben konnte, da meinte der: »Den modernen Panzerkrieg ...«, und nach einer provozierend langen Pause, »Herr Hauptfeld...webel.« Der »Webel« kam gerade noch so rechtzeitig, dass er diesem Schmitz nichts anhängen konnte, aber eine Unverschämtheit war's natürlich trotzdem.

»Den modernen Panzerkrieg ... richtig. Und? Können Sie das vielleicht noch ausführen, Ge...freiter?«

»Jawohl, Herr Hauptfeld...webel. De Gaulle hat sich sehr für moderne Kriegsführung interessiert und nach dem Ersten Weltkrieg einige Aufsätze zum Einsatz schneller Panzereinheiten veröffentlicht, um das französische Militär zu modernisieren. In Frankreich hat aber niemand auf ihn gehört. Die Franzosen vertrauten auf die Wirksamkeit der Maginot-Linie. Die von de Gaulle beschriebene Art der Kriegsführung wurde dann zu einem wesentlichen Teil der Wehrmachtsstrategie. De Gaulle hat das immer anerkannt. Ob sich Hitler allerdings mit dem Problem befasst hat, ist nicht bekannt.«

Für einen Moment wusste er nicht, was er sagen sollte. Das war alles richtig, völlig richtig, war praktisch der gesamte Inhalt der geplanten Unterrichtsstunde. Und dieses Bürschchen mit diesem Blick, bringt es – zack! – in einem Zug auf den Punkt. Und was machte er jetzt mit der restlichen Scheißunterrichtsstunde?

»Sehr gut, Gefreiter«, war das Einzige, was ihm einfiel, dabei hatte er doch gerade diesen Schmitz nicht loben wollen, den nicht! »Abiturient, was? Bilden Sie sich aber mal bloß nichts ein: blindes Huhn ... Sie wissen Bescheid!«, schob er noch nach, damit auch dieses Bäumchen nicht in den Himmel wuchs. Schmitz zuckte mit den Schultern, wandte aber weder den Blick ab noch unterließ er dieses ironische Lächeln.

Er musste jetzt irgendwie zur Stunde zurück, die Frage war bloß, wie. Hatte sein Pulver ja fast verschossen. Maginot-Linie. Damit könnte er etwas anfangen.

»Maginot-Linie!«, sagte er laut in die Runde. »Wer – außer dem Gescheiten Schmitz – weiß, was die Maginot-Linie ist?« Ha, Gefreiter/Gescheiter! Das Wortspiel war ihm gerade eingefallen, vielmehr zugefallen, weil er sich alkoholbedingt versprochen hatte, aber schlecht war es nicht. Er ging die vordere Reihe ab. Am liebsten hätte er Amann noch einmal vorgeführt, aber das wäre sogar diesen Trotteln hier aufgefallen. Schmitz schied natürlich auch aus. »Mastro...dingsda«, er zeigte auf einen kleinen Italiener, dessen Namen er nicht aussprechen konnte. Hatte es beim Bund früher ja nicht gegeben, aber seit denen die deutsche Staatsbürgerschaft praktisch nachgeschmissen wurde, kamen die im Rudel.

Demnächst gab es in der Kantine noch Pizza und Tschianti.

»Mastronardi, Herr Hauptfeldwebel!«, meinte dieser Tschink, und Holzer musste sich beherrschen, dass ihm nicht der Kamm schwoll. »Die Maginot-Linie war eine Befestigungsanlage zwischen Deutschland und Frankreich, Herr Hauptfeldwebel.«

Er sah ihn kühl an. Noch so ein Klugscheißer, dachte Schmitz.

»Und woraus bestand sie, Gefreiter?«, den Nachnamen schenkte er sich.

»Infanterie- und Artillerie-Bunker, Kasematten …«, begann Mastro-dings aufzuzählen. Das war zu viel. Der wollte wohl Offizier werden, der Spaghettifresser.

»Schon gut, genug!«, unterbrach er ihn schroff. Mastro-dings schwieg betreten.

»Und … woher wissen Sie das?«, fragte der Hauptfeldwebel dünnlippig. Mastro-irgendwas sah nach rechts und nach links, um sich von seinen Kameraden Unterstützung zu holen, da war aber keine. Die regten sich nicht. Hatten einen Sinn für die Gefahr.

»Na, von Ihnen, Herr Hauptfeld…«, sagte Mastro-dings, »… letzte Stunde!« Holzer zuckte. Letzte Stunde? Konnte er … Scheibenkleister. Er hatte die Stunde schon gehalten. Vorgestern! Wie hatte er das vergessen …? Scheißsauferei.

»Hauptfeld? Was fällt Ihnen ein, Gefreiter! Ich bin nicht Ihr Stubenkamerad!«

»Hauptfeld*webel*, bitte entschuldigen Sie«, sagte Mastro-irgendwas kriecherisch. »Ich war … nervös.«

»Nervös? Dann beruhigen Sie mal Ihre Nerven am

Wochenende in der Kaserne!«, blaffte Holzer ihn an. »Keine Pasta bei Mama!« Das gab wieder zwei Lacher – die üblichen Arschkriecher eben.

Scheißtag, so begann nur ein richtiger Scheißtag, dachte Holzer.

VII

Die Ducati sprang sofort an, so als hätte sie nur darauf gewartet, dass er den Kickstarter herunterdrückte. Kickstarter, das war auch so was. Diese ganzen Reiskocher hatten natürlich elektrische Zündungen: mit Zündschlüsseln wie Autos. Aber ein Motorrad war nun mal kein Auto, oder? Ein Motorrad, das etwas auf sich hielt, hatte einen Kickstarter. Dass die Japaner das nicht verstanden, war klar. Denen fehlte einfach der Sinn für das Ursprüngliche in der Technik, aber dass BMW den gleichen Unsinn machte wie die, war nicht zu begreifen. Man würde ja auch keine Autos mit Kickstarter bauen oder Motorräder mit vier Rädern und Karosserie! Das passte einfach nicht. Immerhin blieben die Italiener den Ursprüngen treu. Deswegen fuhr er keinen Reiskocher, sondern eine Ducati. Eine Guzzi wäre ihm natürlich noch lieber gewesen, aber für das Modell, das ihm gefiel, fehlte ihm derzeit das Kleingeld. Thomas gab noch im Stand Gas, um die Maschine auf Touren zu bringen, und fühlte sofort, wie die Vibrationen des Motors durch seinen Körper gingen. Ich bringe dich überallhin und bin zu allem bereit, sagte dieses Vibrieren. Er drehte noch einmal auf und lauschte aufmerksam auf das Klopfen, das ihn neulich so beunruhigt hatte. Aber es schien weg zu sein. Umso besser, dachte er erleichtert, umso besser, aber es wäre sicher trotzdem gut, Frank darauf sehen zu lassen. Man wusste schließlich nie. Thomas nahm den Helm, beschloss aber, ihn wegen der paar Meter Fahrt nicht anzuziehen. Dazu war der Weg zu kurz und der Tag zu schön. Er würde schon keiner Streife begegnen. Die Zeiten, als der Ort noch eine eigene Polizeistation nebst versoffenem Dorfpolizisten besessen hatte, waren ohnehin vorbei.

Er fuhr die Anliegerstraße hinunter und kam an die kleine Landstraße, die links in den Ortskern und rechts ins Gewerbegebiet führte, wo Frank seine Werkstatt hatte. Kurz entschlossen wandte er sich nach links, um an der Sparkasse vorbeizufahren … Er gestand es sich nicht gleich ein, aber natürlich wollte er nach ihr sehen, nur für einen Augenblick, einfach vorbeifahren und sehen, ob sie bei der Arbeit war und ob es ihr gut ging. Da war ja nichts dabei.

Er bog in die Hauptstraße ein und fuhr langsam an der Sparkassen-Filiale vorbei, die frisch gestrichen und herausgeputzt neben dem Rathaus stand. Sie hatte weite Glastüren, durch die man fast den ganzen Schalterinnenraum überblicken konnte, aber Sabine blieb zu Thomas' Enttäuschung verborgen. Er fuhr ein Stück weiter, wendete in einem Verkehrskreis und kehrte zurück, um die Hauptstraße noch einmal abzufahren und ein weiteres Mal in den Innenraum der Sparkasse zu spähen. Sie musste da sein, da war er sich sicher. Er fühlte einen Stich in seinem Herzen, als er sie wieder nicht entdeckte. Während er die Maschine beschleunigte, um schnell zur nächsten Kreuzung zu kommen, wo er wieder wenden konnte, hatte er erst Sorge, es könnte ihr etwas passiert sein, und dann Angst, sie könnte sich seinen Blicken bewusst entziehen und vielleicht mit einem Kollegen … Er konnte den Gedanken nicht zu Ende denken, so unerträglich war er.

Gegenüber der Sparkasse befand sich eine kleine Eisdiele, wo man im Sommer auch draußen sitzen konnte. Das Eis dort war nicht sehr gut und die Tische selten sauber, weil es aber bis auf die Tchibo-Filiale kein anderes Café im Ort gab, war sie bereits früh am Morgen beliebte Anlaufstelle für tratschende Hausfrauen und einsame Männer. Thomas stellte sein Motorrad ab und entdeckte einen freien Tisch, von dem aus man in den Schalterraum der Sparkasse sehen konnte. Schnell setzte er sich, damit ihm niemand den Platz streitig machen würde, ignorierte den überfüllten Aschenbecher und bestellte bei einer trägen Kellnerin einen Cappuccino, hinter dem sich in dieser Eisdiele ein deutscher Kaffee mit viel Milch und einer mit Kakaopulver bestäubten Sahnekrone verbarg. Während er wartete, studierte er ausführlich die Eis-Karte und schielte möglichst unauffällig und unbeteiligt zur Sparkasse hinüber, konnte Sabine aber immer noch nicht ausmachen. Nur eine Kollegin von ihr tauchte zweimal hinter dem Schalter auf, an dem normalerweise Sabine stand. Die Müller, wenn er ihren Namen richtig in Erinnerung hatte. Wann immer sie in sein Blickfeld trat, sah er zur Seite und widmete sich wieder der Eis-Karte. Einmal lachte eine Frau am Nachbartisch dabei auf, aber dem maß er keine Bedeutung bei. So blieb er sitzen, eine Viertelstunde lang, eine halbe Stunde lang – die Kellnerin hatte ihn schon gefragt, ob er nicht ein Eis bestellen wollte, weil er immer auf diese Eis-Karte starrte –, als Sabine endlich aus irgendeiner für ihn verborgenen Seitentür in der Sparkasse erschien wie eine Schauspielerin auf der Bühne. Sie war nicht allein. Einer dieser typischen Sparkassen-Anzugträger ging hinter ihr her, in einem viel zu kurzen Abstand. Sabine musste etwas gespürt haben, denn als sie an ihren Arbeitsplatz kam, sah sie durch die Glastüren zu Thomas hinüber und schüttelte den Kopf, so als würde sie ihn fragen, was er denn hier wollte. Thomas zuckte mit den Schultern, was »nichts« heißen sollte, von Sabine aber nur mit einem weiteren Kopfschütteln quittiert wurde, während der Anzugtyp nur noch eine Handbreit neben ihr stand und mit finsterem Gesicht auf etwas zeigte, das vor ihm und Sabine auf dem Tisch liegen musste. Er war sicher zehn Jahre älter als Sabine und schien irgendwie wichtig. Das verfinsterte Thomas' Laune zusätzlich, weniger weil Sabine diesem Anzugtypen gefiel, was er für normal hielt, sondern weil er fürchtete, dass sie ihn vielleicht auch anziehend fand, denn irgendwie standen Frauen doch auf diese Krawattenheinis, insbesondere wenn sie etwas zu sagen hatten. Er überlegte einen Moment, ob er nicht einfach rübergehen und seine Kontoauszüge ausdrucken sollte, um sich diesen Typen etwas genauer anzusehen. Er war seit Jahren Sparkassen-Kunde und hatte das Recht, seine Kontoauszüge auszudrucken, wann immer er wollte. Aber er fürchtete, er würde sich mit so einer Aktion nur vor Sabine blamieren, und das hielt ihn gerade noch davon ab. Für einen Moment ergab er sich der Vorstellung, mit dem Krawattentyp einen Streit anzufangen und ihm eine zu verpassen, dann bezahlte er mit finsterer Miene den ungenießbaren Cappuccino und stolzierte zu seiner Ducati, ohne noch einmal zur Sparkasse hinüberzusehen. Jetzt zu Frank, das war das einzig Richtige, dachte er. Er brauchte einen Kumpel um sich herum.

VIII

Hätte Thomas sich umgedreht, anstatt trotzig wie ein kleiner Junge auf die Maschine zu steigen und theatralisch den Kickstarter zu treten, hätte er bemerkt, dass Sabine ihm nachsah. Ihren Blick hätte er allerdings kaum zu deuten gewusst, denn wie viele Frauen verstand sie es gut, ihre Gefühle hinter der Maske eines lächelnden Gesichts zu verbergen. Dabei wusste sie in dem Moment allerdings selbst kaum, was sie dachte, denn das, was da auf sie einstürmte, war zu viel auf einmal, viel zu viel.

Es lag aber nicht nur an Thomas. Dieser Revisor war ein scharfer Hund, der alles ganz genau wissen wollte und ziemlich deutlich zu erkennen gab, dass er mit einigen Kreditentscheidungen, die sie getroffen hatte, nicht einverstanden war. Sie hatte ihm zu erklären versucht, dass sie hier auf dem Dorf lebte, die Menschen kannte und einzuschätzen wusste, ob jemand ein zuverlässiger Schuldner war oder nicht, auch wenn sein Einkommen etwas knapp schien für die Kreditraten. Doch das hatte er nicht hören wollen. Zugleich machte er Anspielungen, die ihr nicht gefielen, in der Art, dass er auch besser einschätzen könnte, ob er ihr vertrauen durfte, wenn er sie näher kennen würde. Dabei taxierte er sie unverhohlen und ließ seinen Blick von ihrem Busen zu ihren Beinen wandern. Sie war angewidert von diesem Menschen, von seinen Anspielungen und von seinen Blicken, musste aber weiter freundlich bleiben, denn ein negativer Bericht würde ihrer Karriere schaden. Das wusste sie, und er wusste es und wusste, dass sie es wusste. Dann tauchte auch noch Thomas auf und starrte herüber mit seinen großen verliebten Kalbsaugen, sodass nun auch der letzte Dorfdepp verstanden haben musste, dass zwischen ihnen etwas war. Gerade Thomas hatte sie nun am allerwenigsten hier gebrauchen können. Sie mochte es nicht, wenn er in der Nähe der Bank auftauchte. Diese Vermischung von Beruflichem und Privatem irritierte sie, und heute war sie ganz und gar unmöglich gewesen. Er raubte ihr jede Bewegungsfreiheit. Sicher war er wieder eifersüchtig und würde ihr bei nächster Gelegenheit eine Szene machen, würde sie ausfragen, was denn mit diesem Typen in der Sparkasse gewesen wäre, und ihr keine Ruhe gönnen, bis sie ihm dreimal geschworen hätte, dass ihr dieser Revisor völlig gleichgültig war und sie nur einen Mann liebte, und das war er. Andererseits fand sie auch wieder einen gewissen Reiz darin, wenn er sich um sie sorgte, wenn er ihr nachlief, weil sie ihm fehlte, wenn er Angst hatte, dass sie auch einem anderen gefallen könnte. Das gehörte zur Liebe doch auch irgendwie dazu. So wie das Salz in die Suppe – fand Sabine.

»Wenn Sie jetzt vielleicht Ihre Aufmerksamkeit auf mich richten könnten?«, sagte der Revisor, während Thomas gerade um die Ecke bog.

»Ja, natürlich!«, stammelte Sabine verwirrt, »da war nur gerade ein Kunde auf der Straße …«

»Ein Kunde«, sagte der Revisor mit einem anzüglichen Lächeln, »der hat aber ganz besonders viel Kredit bei Ihnen …«

Sie hätte ihm eine Ohrfeige geben können, zog es jedoch vor, ihn mit dem falschesten Lächeln anzulächeln, das ihr zur Verfügung stand. Das gehörte zur Professionalität dazu, fand sie.

»Ich gebe alles für meine Kunden und meine Bank!« Nein, das sagte sie nicht. Das war zu gefährlich. Hierauf ließ sie sich nicht ein.

IX

Hätte Thomas sich umgedreht, hätte er noch ein anderes Augenpaar gesehen, das auf ihn gerichtet war und dessen Ausdruck vielleicht leichter zu deuten gewesen wäre als Sabines Blick. Es waren nicht die Augen des Revisors, denn der beobachtete Sabine und las dort trotz ihres künstlichen Lächelns vieles, was es zu lesen gab. Es war das Augenpaar von Sabines Kollegin, einer Frau, deren Unzufriedenheit über sich und ihr Dasein so tiefe Falten zwischen Nase und Mundwinkel gezogen hatte, dass es stets aussah, als habe sie gerade in eine faule Frucht gebissen. Sie hatte ihn sofort erkannt, wie er da vor der Eisdiele saß und Kaffee trank. Sie wusste sofort, wieso er da war und was er wollte; dazu brauchte es noch nicht einmal dieses lächerlichen Manövers mit der Eis-Karte, das er dauernd wiederholte. Sie wusste, er lebte unter einem Dach mit Sabine, und was ihn auf die gegenüberliegende Straßenseite getrieben hatte, missfiel ihr, wie ihr Sabine missfiel und die schöne Frau des Apothekers und jede Kundin, die schlanker war als sie, hübscher, jünger oder was auch immer. Dabei war sie selbst nicht hässlich – sie empfand sich nur so. Für ihre Umgebung war sie eine alleinstehende Frau in den Fünfzigern mit seit einigen Jahren gefärbten blonden Haaren, einem modernen Pagenschnitt und hellblauen Augen, die vorzugsweise schlichte Kostüme und Hosenanzüge trug, elegant für dörfliche Verhältnisse, adrett, wie man früher gesagt hätte. Sie selbst fand sich abstoßend, unförmig, den Bauch aufgebläht, die Beine dürr, stets darauf angewiesen, sie mit langen Röcken oder Hosen zu kaschieren. Den Mann, den sie einmal geheiratet hatte, hatte sie schon vor Jahren vertrieben, und seitdem hatte sich kein zweiter in ihre Nähe gewagt. Sie also folgte Thomas mit ihrem Blick und dachte nach, was zu tun wäre.

X

Thomas drehte sich nicht um; er floh. Kaum hatte er den Ortskern verlassen, gab er Gas. Der Motor heulte auf und erreichte in Sekundenschnelle 7.000 Umdrehungen. Beinahe hätte das Vorderrad abgehoben, trotz des schweren Motors. Normalerweise verschmolz er bei diesem Geräusch mit seiner Ducati, wurde eins mit ihr wie eines dieser Fabelwesen, die er aus einem Kinderbuch kannte – der Name fiel ihm gerade nicht ein. Aber jetzt? Nichts. Das Gefühl blieb aus. Stattdessen rumorte und rumorte es in ihm und seine Gedanken kreisten um Sabine und diesen Anzugträger und den Hauptfeldwebel und, und, und …

Er war so in Gedanken, dass er sogar die Abfahrt zu Franks Garage verpasste. Erst ein paar hundert Meter weiter fiel ihm ein, wieso er überhaupt unterwegs war. Das war ihm noch nie, wirklich noch nie passiert. Er wurde schon zum reinsten Psycho.

Thomas widerstand der Versuchung, einfach weiterzufahren, wohin auch immer ihn die Ducati bringen würde, und machte kehrt. Es war jetzt definitiv besser, jemanden um sich zu haben, mit dem man reden konnte, dachte er, obwohl er es – Hand aufs Herz – mit dem Reden nicht so hatte.

Als er ankam, lag Frank in seiner Schraubermontur

unter einem alten VW Golf und fluchte. Thomas bückte sich und rief: »Hey, Frank!«, in die Richtung, wo der Kopf sein musste. Frank rollte unter dem Golf hervor und zeigte lächelnd seine Zähne, die ganz weiß schienen in dem von Öl verschmierten Gesicht, und sagte: »Hey, Alter!«, was keine Überraschung war, denn so nannte er jeden seiner Kumpel, und »Hey, Alter!«, erwiderte Thomas. Dann reichte Frank Thomas noch im Liegen die gleichfalls verschmierte Pratze; der nahm sie ohne zu zögern und half seinem Kumpel auf.

»Na, alles klar?«, fragte Frank, und »Klar, Mann, alles klar!«, antwortete Thomas.

»Bist wegen der Ducati hier?«, fragte Frank, und Thomas nickte und Frank nickte dann auch. Er wischte sich die Hände an einem Tuch ab und gab es gleich an Thomas weiter, damit der sich seine Hände ebenfalls abwischen konnte. Dann zeigte er nach draußen, wo Thomas das Motorrad hatte stehen lassen. Schweigend gingen die beiden in den Hof, wo die Maschine in der Sonne glänzte.

»Ist schon ein geiles Teil«, sagte Frank anerkennend und das nicht zum ersten Mal. War ja auch ein geiles Teil. »Mach mal an!«

Thomas schwang sich auf den Sattel, setzte den Fuß auf den Kickstarter und drückte ihn in einer schnellen Bewegung herunter. Der Motor sprang sofort an, sein satter dunkler Sound erfüllte den Morgen.

»Bisschen Gas!«, sagte Frank, und Thomas gab ein bisschen Gas.

»Mehr!«, sagte Frank, und Thomas gab ein wenig mehr Gas.

»Weniger!«, sagte Frank, und Thomas drosselte die Maschine wieder.

Frank schüttelte den Kopf. »Ich hör nichts«, sagte er und steckte die Hände in die Hosentaschen: »Hast du getankt in der Zwischenzeit?«

Thomas nickte.

»Dann hast du neulich vielleicht nur den falschen Sprit erwischt. Da sind die Dinger empfindlich.«

»Meinst du?«, fragte Thomas.

Frank nickte. »Du hast doch in Frankreich getankt, oder?«

»Ja, genau.«

»Schätze, das wird's gewesen sein.«

»Sicher?«

»Ziemlich.«

»Okay«, sagte Thomas und nickte versonnen.

Frank verstand etwas von Motorrädern, deswegen hätte Thomas jetzt beruhigt sein und nach Hause fahren können. Aber er war nicht beruhigt, und es war ihm auch nicht danach, nach Hause zu fahren. Er hätte gern etwas erzählt, von sich und von Sabine, und davon, wie unerträglich das manchmal sein konnte mit dem Hauptfeld und diesen Anzugtypen, so unerträglich, dass er am liebsten herausschreien wollte, wie hammerhart das alles war, aber er brachte kein Wort heraus. Es war, als blieben ihm diese ganzen Wörter, die er doch in sich hatte, im Hals stecken, stauten sich und kamen nicht aneinander vorbei, weshalb er sie denn eben auch nicht herausbekam. Deswegen blieb er jetzt einfach neben Frank stehen und starrte auf den Boden.

»Sonst alles okay?«, fragte Frank.

»Klar, alles okay«, antwortete Thomas ausdruckslos und viel zu langsam. Er hatte einen Wortkloß im Hals, groß wie ein Tennisball.

»Vielleicht sollten wir mal quatschen …«, meinte Frank nach einer Weile.

Thomas zuckte mit den Schultern.

»Oder einfach ein Bier trinken …«, versuchte es Frank weiter.

»Klar, ein Bier, immer«, antwortete Thomas erleichtert. »Vielleicht heute Abend?«

»Ja, heute Abend, im Rebstock oder beim alten Willy?«

»Lieber beim Willy …«

»Okay, super«, sagte Frank und zeigte die weißen Zähne. Dann deutete er in Richtung Werkstatt, weil da noch eine Menge Arbeit auf ihn wartete. Thomas nickte, um zu zeigen, dass er verstand, denn er war ein Mann und Kumpel und Handwerker wie er, und da verstand man. Also stieg er auf sein Motorrad, nickte noch einmal, diesmal zum Gruß, und fuhr los. Frank sah ihm eine Weile nach und zuckte dann mit den Schultern.

XI

Als er zurückkam, roch es nach Urin. Er sah zum Waschbecken, entdeckte die Lache auf dem Linoleum und fühlte, wie Ekel in ihm aufstieg. Er begann gleich hinter dem Zwerchfell, stieg dann sauer die Speiseröhre hoch und ballte sich hinter dem Gaumen, so als ob er sich gleich übergeben müsste. Holzer nahm den alten Lappen, den er sonst benutzte, um seine Kaffeetasse und seine Gläser zu spülen, und wischte auf. Während er auf dem Boden kniete, entdeckte er eine feuchte Spur, die vom Becken an der Wand entlang bis zum Boden führte. Er wusch den Lappen aus und fuhr damit über die Raufasertapete, bis das Zeugnis seines morgendlichen Unfalls beseitigt schien. Gott sei Dank sah ihn niemand; er hätte sich maßlos geschämt.

Als kleiner Junge war es ihm manchmal passiert, dass er danebenpinkelte. Er saß auf der Toilette, besorgte sein Geschäft und bekam dabei unversehens einen halben Ständer, sodass sich sein satter kindlicher Urinstrahl auf die kleine Spalte zwischen Brille und Kloschüssel richtete und an der Außenseite der Kloschüssel herunterrann. Das wäre an sich nicht weiter schlimm gewesen, hätte da nicht vor der Toilette immer so ein u-förmig ausgeschnittener Badezimmerteppich gelegen, der sich mit seinem Urin vollsog und beim besten

Willen nicht innerhalb fünf Minuten trocknete, sodass seine Mutter das Missgeschick fast immer entdeckte und mit ihm schimpfte, weil er noch so ein Baby war und nicht einmal alleine aufs Klo konnte, ohne alles dreckig zu machen. Er hätte ihr gerne erklärt, dass er nichts dafür konnte, wenn sich sein kleiner Pipimann manchmal selbstständig machte. Das war eben so. Aber er schämte sich zu sehr und schwieg stattdessen, bis sich der Sturm mütterlicher Empörung wieder legte. Einem Vater hätte er das einfach sagen können, da war er sich sicher, aber einen Vater hat es nicht gegeben.

Im Zimmer war es warm. Die Morgensonne leuchtete durch die schmutzigen Fenster und heizte es auf. Holzer schwitzte in seinem Uniformhemd. Unter den Achseln bildeten sich allmählich dunkle Flecken. Noch immer dröhnte ihm der Kopf. Er musste das mit dem Saufen lassen, sagte er sich, aber das hatte er sich schon oft gesagt.

Er wusch gerade den Lappen aus, als es klopfte. Keine fünf Minuten hat man hier seine Ruhe, dachte er. Dabei hatte er jetzt doch eine Stunde Pause. Mürrisch ging Holzer zur Tür und öffnete. Vor ihm stand der kleine Stefan, Steffi genannt – hinter seinem Rücken oder wenn die Kameraden ihn ärgern wollten, was praktisch immer der Fall war.

»Hey, Dieter, ich wollte nur kurz fragen, ob du heute Abend nicht zu mir rüberkommst. Ich hatte letzte Woche Geburtstag und wollte nachfeiern!«, sagte Steffi, ohne einmal Luft zu holen oder nur einen Gruß abzuwarten.

»Oh, Stef…an … Ich weiß nicht«, stammelte Holzer. »Ich fühl mich nicht wohl und wollte heute eigentlich früh ins Bett!«

Steffi war enttäuscht. Wie eine Frau konnte er das in Sekundenbruchteilen zeigen, ohne dass Holzer verstanden hätte, wie das ablief in seinem Gesicht. Da war irgendetwas mit den Mundwinkeln und den Augen, er wusste es nicht genau. Sabine hatte das auch drauf, aber die eigentliche Meisterin in dieser Disziplin war seine Mutter gewesen.

»Eine halbe Stunde! Brauchst nicht lang zu bleiben«, quengelte Steffi und stellte sich auf die Zehenspitzen, was aber nicht viel half. Auch so reichte er Holzer nur bis zum Kinn, obwohl auch der kein Riese war. »Komm schon!«

Steffi hatte nicht viele Freunde, eigentlich hatte er gar keine. Holzer gehörte zu den wenigen, die sich überhaupt mit ihm abgaben, wenn auch eher widerwillig. Sicher wäre er heute Abend der einzige Gast.

»Mal sehen«, sagte er in einem Anflug von Mitleid und Ekel, »aber mir geht es wirklich nicht gut.«

»Ich hab's schon gehört«, meinte Steffi vorwurfsvoll.

»Was hast du gehört?«, fragte Holzer.

»Dass es gestern hoch herging …«

»Ah …«

»Ich war ja nicht eingeladen …«, sagte Steffi, »aber ich wäre eh nicht vorbeigekommen. Dieser Fischkopf geht mir auf die Nerven.«

»Ich muss mich jetzt wirklich noch einmal kurz hinlegen«, sagte Holzer und schloss die Tür vor Steffis Gesicht.

Keine Sekunde später klingelte das Telefon. Was für ein beschissener, beschissener Tag!

XII

Heute war nicht viel los in der Bank, und so hatte die Müller alle Zeit der Welt, um Sabine und diesen Sparkassenprüfer zu beobachten. Sabine war ja schon ein hübsches Ding, das musste die Müller zugeben, wenn auch ein wenig billig für ihren Geschmack, äußerlich – und daran änderten auch die Kostümchen von Jil Sander nichts –, vor allem aber in ihrem Gebaren. Wie sie sich vor diesem Mann bewegte, nein, wie sie sich vor ihm produzierte, das hatte etwas zutiefst … Ungehöriges. Ja, etwas Ungehöriges. Sie beugte sich ungeniert vor und tat so, als würde sie auf ihre Unterlagen zeigen, dabei ging es in Wirklichkeit darum, diesen Kerl in den Ausschnitt sehen zu lassen. Sie ging vor ihm her und wackelte mit ihrem Hintern – ganz leicht nur, sodass es wie eine natürliche Bewegung aussah –, aber die Müller durchschaute sie. Und dann lächelte diese Sabine und lächelte und lächelte die ganze Zeit, ZUCKERSÜSS. Karrieregeiles Flittchen. Niemals hätte sie, die Müller, sich zu so einem Benehmen hinreißen lassen, und wäre sie noch so jung und noch so hübsch. So etwas gehörte sich einfach nicht. Da hatte sie schon ihrem Mieter, diesem Schaf, den Kopf verdreht, und jetzt kam auch noch der Revisor dran. Und der? Stieg natürlich sofort darauf ein. Verschlang sie mit seinen Augen. Dass ihm der

Geifer nicht die Lefzen heruntertropfte, war alles. Wie dumm diese Männer waren! Dachten alle nur mit dem, was da zwischen ihren Beinen hing oder stand, aber doch meistens hing … Wie ihr Ex, dieser Idiot. Die Müller schloss für einen Moment die Augen und versuchte, sich zu beruhigen. An ihren geschiedenen Mann zu denken, tat ihr nicht gut, denn dann dachte sie gleich auch an dieses Flittchen, mit dem er jetzt zusammenlebte … 20 Jahre jünger als er und schwanger, wie ihr mitfühlende Nachbarn neulich berichtet hatten. Schwanger, man stelle sich das vor, von einem 55-Jährigen! Das Kind musste ja später Opa zu ihm sagen, sonst würde es im Kindergarten ausgelacht!

Ein Kunde betrat die Bank und kam auf sie zu. Es war ein älterer Herr, der, wie viele seiner Generation, den Geldautomaten scheute und sein Geld lieber am Schalter abhob. Die Müller kannte ihn seit Jahren. Sie mochte ihn nicht.

Der Kunde reichte seine EC-Karte über den Tresen und bat um 100 Euro. Läppischer Betrag! Und deswegen störte er sie jetzt. Aber natürlich zahlte sie die Summe aus. Lächelnd zählte sie das Geld vor den Augen des Kunden ab. Das war schließlich ihre Pflicht, jawohl, Pflicht. Nicht dass er auf die Idee kam, sich zu beschweren. Nein, nicht über sie! Über die Müller beschwerte man sich nicht. Aber bedanken könnte er sich wenigstens, der alte Trottel! Hatte er wohl nicht nötig. Umständlich verstaute er die Scheine in seinem Portemonnaie, das er dann ebenso umständlich in die Gesäßtasche schob. Auf dem Weg zum Ausgang hob er die Hand und grüßte – Sabine.

Die legte gerade die Handtasche um die Schulter.

»Dagmar, wir gehen dann mal in die Mittagspause«, rief Sabine herüber. »In einer Dreiviertelstunde löse ich dich ab.« Dann ging sie mit dem Revisor fröhlich hinaus und lachte und wackelte mit dem Hintern. Und dem Trottel fielen fast die Augen aus dem Kopf! Sabine würde wieder damit durchkommen und die Karriereleiter vermutlich nach oben fallen. Das war der Müller längst klar. Da konnten ihre Kreditentscheidungen noch so fragwürdig sein, der passierte nichts. Die Müller wusste ganz genau, worum es da ging bei der Revision. Es gab da ein paar Darlehen, die waren oberfaul: Keine Sicherheiten, die Leute hatten kaum das Einkommen für den Zinsdienst. Die Müller hatte das festgestellt, fein säuberlich notiert und der Zentrale weitergegeben. Das war schließlich ihre Pflicht. Trotzdem würde Sabine davonkommen. Die hatte den Revisor längst im Griff. Das hatte die Müller gleich durchschaut. Nur eines verstand sie nicht: Was wollten die Männer nur alle von diesen jungen Dingern? Die hatten doch nichts im Kopf. Die hatten noch nichts erlebt, die waren doch gar kein Gegenüber. In einer Partnerschaft, wie sie sie sich vorstellte, da waren die Frauen ein Gegenüber. Nicht nur so kleine Mäuschen, die kuschten, sondern erwachsene Frauen, die auch mal sagten, wie die Dinge laufen mussten. Männer hatten für viele Dinge so gar kein Gespür. Ihr Ex zum Beispiel, wie der sich angezogen hätte, wenn sie ihn gelassen hätte! Hawaiihemden, wie dieser kleine dicke Fernsehmoderator. Gruselig! Der hätte sich nach dem urinieren noch nicht einmal die Hände gewaschen, wenn sie ihn nicht immer wieder daran erinnert hätte.

Na ja, aber vermutlich war es ja gerade das. Wer wollte schon ein Gegenüber? Diese Kerle wollten kleine Mädchen, die noch leicht formbar waren, denen sie etwas weismachen konnten, die sie anhimmelten und den alten Trotteln Augen machten. Und natürlich der Sex. Der war den Kerlen ja wichtig, also offenbar, nach allem, was man so las und hörte. Bei ihrem Ex war es ihr nicht so aufgefallen, dass ihm Sex wichtig gewesen wäre, aber die Zeitschriften waren ja voll davon.

Die Müller dagegen fand das Körperliche … überbewertet. Es hatte sie nicht gestört, dass zwischen ihr und ihrem Mann in den letzten fünf Jahren ihrer Ehe nichts mehr geschah, was damit auch nur entfernt hätte zu tun haben können. Im Gegenteil, sie empfand es als entspannend. Sie hatte gedacht, ihr Mann hätte dieses Alter jetzt auch hinter sich, wobei er zu Beginn ihrer Ehe auch nicht so aktiv gewesen war. Er trank seine Bierchen, saß vor der Glotze und schlief dabei ein; sie ging früh zu Bett und las noch ein, zwei Seiten in einem Pilcher-Roman. Natürlich sah er sich auch manchmal Sexfilmchen auf seinem Computer an und verschwand anschließend im Bad. Sie wusste das, hatte dabei aber immer so getan, als bemerke sie es nicht. Es war ihr zwar zuwider, aber sie nahm es hin wie den Gestank in der Toilette, in der er zuvor mit einer seiner Auto-Zeitschriften verschwunden war. Manche Dinge konnte man schließlich nicht ändern.

Hätte er es nicht dabei belassen können? Ihr Leben war doch in Ordnung so! Ihre Eltern hatten das auch nicht anders gehalten! Stattdessen machte er jetzt mit einem halben Kind rum und schwängerte es auch noch!

Die Müller fühlte, wie ihr Puls stieg. Sie sollte jetzt unbedingt aufhören, an ihren Ex zu denken, sonst musste sie wieder diese Tropfen für das Herz nehmen. Hätte er nicht einfach sterben können, wie viele andere Männer auch, wenn sie in dieses Alter kamen? Dann hätte sie um ihn getrauert und sein Grab gepflegt. Sicher hätte sie sogar Tränen für ihn vergossen, in Erinnerung an die Momente ihrer Ehe, die Ähnlichkeit mit einem Pilcher-Roman gehabt hatten. Es waren ja – weiß Gott! – nicht viele gewesen, aber hatte sie sich je beklagt? Nie! Kein einziges Mal.

Und jetzt, allein? Was sollte sie denn mit ihrem Leben machen, so ganz allein? Diese Sabine amüsierte sich mit dem Revisor und bereitete ihren nächsten Karriereschritt vor. Und sie? Sie würde auch hier in der Bank allein bleiben, allein mit diesen ganzen Dorftrotteln um sie herum. Was Sabine wohl alles für ihre Karriere machen würde? Würde sie es bei einem Flirt belassen oder einen oder zwei Schritte weitergehen? Dass sie bei dem jungen Nachbarn mehr als nur einen Schritt weitergegangen war, war ja klar. Dann sicher auch bei dem Revisor, oder? Es schauderte sie bei dem Gedanken, was da alles hinter ihrem Rücken ablief, und doch konnte sie gerade in dem Moment an nichts anderes denken. Ein hochgeschobener Rock, eine heruntergelassene Hose. Eine Frau vornübergebeugt, das Gesicht zu einer Wand, ein Mann dahinter. Die Müller sah sich dabeistehen; sie war angewidert von der Szene. Es war wie in einem der Sexfilmchen ihres Mannes. Aber den Blick abzuwenden, das vermochte sie nicht.

XIII

»Jawohl, Herr Oberstleutnant! … Nein, Herr Oberstleutnant! … Der Verlobte Ihrer Schwester? War mir nicht bekannt, Herr Oberstleutnant, vielversprechender Soldat, Herr Oberstleutnant. … Nein, ich habe ihn nicht Itaker genannt, Herr Oberstleutnant. … Habe absolut nichts gegen Ausländer, Herr Oberstleutnant. … Natürlich, ja, ja, ich weiß, ich weiß, dass er Deutscher ist, Herr Oberstleutnant! Ich sagte das nur, um … meinen Standpunkt. Ich meinte nur … Ich habe keine Vorbehalte gegenüber …« Holzer überlegte, wie man Ausländer nannte, die die deutsche Staatsangehörigkeit angenommen hatten. Ex-Kanaken vielleicht? »Gegenüber Ex-Ausländern. Selbstverständlich werde ich besonders …«

Der Oberstleutnant hatte aufgelegt. Holzer stand da mit dem Hörer in der Hand und hörte nur noch das Rauschen in der Leitung. Wer hätte denn auch ahnen können, dass ausgerechnet dieser Mastro-dingsbums der angehende Schwager von diesem arroganten Schmitz war? Der konnte ihn doch sowieso schon nicht leiden und jetzt das auch noch!

Holzer legte auf und holte tief Luft. Sein Blick ging zu seinem Spind, in dem für Notfälle wie diesen immer eine Flasche Wodka bereitstand. Das Blut rauschte in seinen Ohren. So ein verdammter, verdammter, verfluchter Scheißmist aber auch! Konnte sich die Scheißschwester von diesem Scheißschmitz nicht einen anständigen Deutschen angeln? Musste es ausgerechnet so ein kleiner Spaghetti sein? Und warum hatte ihm keiner gesagt, dass Mastro-dings fast ein Verwandter von Schmitz war? Und der Spaghetti, warum musste der sich bei der ersten kleinen Kleinigkeit gleich bei Schmitz ausheulen, anstatt den Anschiss wegzustecken wie ein Mann? So eine verfickte Scheiße!

Der Wodka brannte in seiner Kehle. Holzer hatte die Flasche angesetzt, ohne darüber nachzudenken. Es war ihm noch nicht einmal aufgefallen, dass er sie überhaupt in der Hand hielt. Erst nachdem er zwei kräftige Schlucke genommen hatte, war ihm klar, was er tat. Er durfte nicht zu viel trinken, nicht dass es wieder Gerede gab. Das konnte er jetzt am Allerwenigsten gebrauchen. Dieser Schmitz hatte ihn ab sofort auf dem Kieker, also war jetzt Vorsicht angesagt. Okay, einen noch, dachte Holzer, auf einem Bein konnte man schließlich nicht stehen. Und kurz darauf tat der Alkohol seine segensreiche, entspannende Wirkung.

Als er die Flasche zurückstellte, fiel ihm sein alter Baseballschläger entgegen. Holzer hob ihn auf und fuhr liebevoll über die Oberfläche, in der der harte Ball Dutzende von Spuren hinterlassen hatte. Vorhin hatte er noch geträumt von ihm. War ’ne gute Zeit damals, ’ne gute Zeit.

XIV

»Sehen Sie, Frau Holzer, ich habe mein halbes Leben in einer Sparkassenfiliale verbracht und kann gut nachvollziehen, dass Sie die Leute hier kennen und beurteilen, wer einen Kredit zurückbezahlen kann und wer nicht, auch jenseits unserer Richtlinien. Früher haben wir solche Entscheidungen immer aus dem Bauch heraus getroffen. Aber die Zeiten haben sich geändert! Wir müssen jeden Kredit heute bis ins Kleinste rechtfertigen können – Basel II. Sie wissen doch, was das für uns bedeutet«, sagte der Revisor mit vollem Mund und versuchte sogar noch so etwas wie ein schiefes Lächeln dabei. Das war schon eine Kunst: eine Gabel Pommes frites im Mund, dazu ein Stück zu Brei gekautes Schnitzel, so ein Sermon von einem Satz und dazu dann noch ein schiefes Lächeln. Sabine hätte loslachen mögen, wenn ihr dieser Typ nicht so gefährlich hätte werden können. Sie blieb daher lieber bei ihrer Strategie des Lächelns und gab sich Mühe, dieses Ekelpaket dabei nett anzusehen, mit so einem kleinen Blitzen in den Augen, als fände sie ihn tatsächlich sympathisch … Das hatte ihr in ihrem Leben in brenzligen Situationen noch immer geholfen, lächeln und blitzen …

»Ich weiß, dass Sie eine wirklich fähige Bankkauffrau sind. Ich kenne Ihre Zeugnisse und die Beurteilungen Ihrer Vorgesetzten und kann mir wirklich gut vorstellen, dass Sie es noch weit bringen bei uns im Haus, aber in dem Punkt …«, der Revisor machte eine Pause, die er zum Kauen und Schlucken nutzte, und zuckte zugleich demonstrativ mit den Schultern, was offenbar bedeuten sollte, dass er ihr in diesem Punkt nicht sehr entgegenkommen könne.

»Aber Sie haben doch sicher Spielräume bei Ihrer Beurteilung«, hörte sich Sabine sagen, wobei sie noch ein wenig breiter lächelte.

Der Revisor sah ihr in die Augen und einen Moment in den Ausschnitt. »Natürlich habe ich gewisse Spielräume … Im Rahmen meiner Möglichkeiten …«, antwortete er stockend. So forsch er gerade aufgetreten war, so verlegen wurde er jetzt mit einem Mal. War vielleicht doch nicht so ein harter Brocken, dachte Sabine, und entspannte sich. Der obere Knopf ihrer Bluse war ein wenig ausgeleiert, was sie erst auf dem Weg zur Bank bemerkt hatte, sonst hätte sie sie nicht angezogen. Es genügte, sich jetzt ein wenig ungeschickt zu dehnen, und schon würde er aufspringen.

»Ja?«, sagte sie zuckersüß und sah auf seinen Ehering. Jetzt blitzten nicht nur ihre Augen, sondern auch ihr schwarzer Spitzen-BH. Warum sollte sie diesen Trottel nicht ein bisschen auf ihre Seite ziehen, dachte sie. Da war schließlich nichts dabei.

Der Revisor sah noch einmal verstohlen in ihren Ausschnitt. Eine Schweißperle trat auf seine Stirn. Er ging ziemlich stramm auf die 50 zu, sein Haar wurde dünn, sein Bauch dick. Kein hässlicher Mann zwar, alles in allem, aber auch kein schöner. Er mochte Frauen, das war mehr als offensichtlich, aber sie ihn nicht unbedingt. Die Art wie Sabine ihn anstrahlte, brachte ihn in Verlegenheit. Dass sie gerade einfach nur den Spieß umdrehte, und die Partie, die er etwas grob begonnen hatte, nach ihren Regeln weiterspielte, verstand er nicht. Er dehnte den Hemdkragen, um sich ein bisschen Luft zu verschaffen, und räusperte sich.

»Ja?«, wiederholte Sabine, als der Revisor gerade den Kopf schüttelte, als befände er sich in einem Zwiespalt, in einem kleinen Streit mit sich selbst. Schließlich sagte er: »Früher war es besser.« Und Sabine nickte und strahlte ihn noch ein wenig mehr an, sofern das überhaupt ging. Dann prostete sie ihm zu. Sie trank zwar nur ein Mineralwasser, aber auf die Geste kam es an. Den hatte sie im Sack. Der würde ihr keine Probleme mehr machen.

XV

Sie führten ihn in eine karge Zelle. Tisch, Stuhl, eine Pritsche mit einer Matratze; Wände, Boden, Waschbecken und Toilette aus Metall, wie aus einem Stück. Klare Notwendigkeit, dachte er.

»Warten Sie hier«, sagte der ältere der beiden Polizisten, »wir bringen Ihnen gleich etwas zum Anziehen.«

›Warten Sie hier‹, wiederholte er in Gedanken und setzte sich auf die Pritsche. Wo bitte soll ich denn sonst warten? Die Matratze war dünn und ganz aus Plastik, vermutlich, damit sie besser zu reinigen war. Wer weiß, wie viele Typen schon darauf gepisst hatten? Die Vorstellung trieb ihn auf. Er ging zum Waschbecken, um sich die Hände zu waschen, mit denen er die Matratze berührt hatte, aber davon ließ sein Ekel sich nicht vertreiben. Er biss sich in ihm fest wie ein böses Tier. Für einen Augenblick überlegte er, ob er sich den Finger in den Hals stecken sollte, um sich zu übergeben, aber dann hätte er sich über diese Toilette beugen müssen und diese Vorstellung war ihm noch widerlicher als alles andere.

Es dauerte wohl eine Viertelstunde, bis der Polizist wiederkam und ihm seinen Jogginganzug, Unterwäsche und Turnschuhe brachte.

»Hier, Sie können das hier anziehen«, sagte er und legte die Sachen auf die Pritsche. »Wenn Sie fertig sind, können wir gehen. Der Kollege wartet.«

XVI

Die Sonne stand hoch am wolkenlosen Himmel. Ein warmer Wind wehte von Frankreich herüber. Er brachte den Duft von gemähtem Gras mit sich. Hätte Thomas die Ducati abgestellt und den Motor ausgeschaltet, hätte er den Sommer riechen, den Sommer schmecken können. Es hätte ihn an Sabine erinnert, wie ihn alles an sie erinnerte. Aber er stellte die Maschine nicht ab, er gab Gas und ließ den Motor aufheulen, wie er selbst gerne aufgeheult hätte, wenn er sich und seiner Seele dafür hätte Raum geben können. Bäume, Sträucher und Felder flogen an ihm vorbei, er nahm sie nicht wahr. Er war wieder auf der Flucht. Vor sich, vor Sabine, vor der Eifersucht, die so sehr an ihm nagte. Was, wenn er jetzt einfach gegen einen Baum fuhr?, dachte er in einer Mischung aus Trotz und Verzweiflung und dann: Was, wenn er den anderen einfach verschwinden lassen würde? Aber er wusste, dass er weder das eine noch das andere fertigbrachte. Oder vielleicht doch? Mehr Gas stattdessen, und noch mehr Gas. Er fuhr nicht mehr, er flog. Er legte sich in die Kurven und beschleunigte, sobald er ihren Scheitel erreicht hatte, damit die Geschwindigkeit ihn in die Spur drückte. Auf den Geraden dann gab es gar kein Halten mehr. Das Motorrad und der dunkle Asphalt, ein roter Blitz am dunklen Himmel. Die Landstraße verengte sich vor seinem Blick. Plötzlich lag da Rollsplitt in dieser Kurve. Er sah ihn zu spät. Das Hinterrad brach aus, die Maschine kippte, der Lenker schliff über den Straßenbelag und Funken sprühten auf. Das Motorrad rutschte unter ihm weg, als glitte es über Eis, und bohrte sich zehn Meter weiter am Straßenrand in die Erde. Er dachte: Scheiße, die Ducati!, und gleichzeitig: Zum Glück habe ich den Helm auf! Dabei schlitterte er auf dem Asphalt weiter, bis sein Anzug ihn bremste und er gerade noch vor einer Leitplanke zum Liegen kam. Das Ganze dauerte nur Sekunden, ihm kam es wie eine Ewigkeit vor. Die Kurve, der Rollsplitt, das Motorrad, das ausbricht, der Sturz, der Seitenbügel, der sein Bein schützt, die Maschine, die ungebremst über die Straße schrammt und sich in die Erde am Straßenrand bohrt. Der Anzug, der ihn bremst … Und wieder: Die Kurve, der Rollsplitt, das Motorrad, das ausbricht, der Sturz, der Seitenbügel, der sein Bein schützt, die Maschine, die ungebremst über die Straße schrammt und sich in die Erde am Straßenrand bohrt. Der Anzug, der ihn bremst … Und dabei hatte er nicht an den Tod gedacht und nicht an Sabine, sondern an die Ducati.

Thomas stand auf. Sein linkes Knie tat ihm weh, die Hüfte tat ihm weh, die Schulter tat ihm weh. Die Knochen? Waren heil geblieben. Sein Anzug war vom Bein bis zum Brustkorb aufgerissen, aber die letzte schützende Membran hatte gehalten. Er zog die Jacke aus und inspizierte die Haut darunter: rote Striemen von oben bis unten, aber keine blutende Wunde. Humpelnd ging er zu seiner Maschine und wuchtete sie hoch. Die gesamte linke Seite war hin, Benzin tropfte aus dem lecken Tank, der Lenker war abgerissen und der Seitenbügel, der sein Bein gerettet hatte, umgeschlagen. Thomas hätte weinen können, so elend sah die Ducati aus. Er blickte auf; hinter der Leitplanke, vor der er zu liegen gekommen war, stand ein Holzkreuz, der Name darauf war verwittert.

Ein Traktor hielt in Thomas' Rücken, ein Bauer am Steuer. Der besah sich die Szene und stieg ab. Schweigend ging er zu Thomas hinüber und musterte ihn von oben bis unten, ein drahtiger Mann mit kurz geschorenen Haaren, breiter Stirn und einer kleinen Nase. Wenn Thomas ihn genauer angesehen hätte, hätte er ein typisches Schwarzwälder Gesicht erkannt, dem Gesicht seines Großvaters nicht unähnlich. Aber Thomas' Blick konnte nichts halten.

»Alles noch dran?«, fragte der Bauer.

»An mir schon«, antwortete Thomas und zeigte auf die Ducati.

»Scheißdinger!«, sagte der Bauer und machte eine verächtliche Bewegung, »bis froh, dass du g'sund bisch. Und die Scheißmaschine schmeißesch am beschte furt.«

Dann ging er zu seinem Traktor und kramte in einer Tasche nach seinem Handy. Noch bevor Thomas etwas hätte fragen können, rief der Bauer: »Straßenmeisterei!« und führte es zum Ohr. Jemand musste abgenommen haben, denn der Bauer begann zu sprechen. Thomas verstand nicht alles, was er sagte, es war ihm auch egal. Es klang nach: »Schon wieder ein Motorrad« und »Immer die gleiche Kurve«. Etwas in der Art. Dann stellte sich der Bauer hinter die Ducati, um das Kennzeichen durchzugeben. Thomas begannen die Knie zu zittern, so sehr, dass er sich nicht mehr auf den Beinen halten konnte. Mühsam ging er zwei Schritte und setzte sich an den Straßenrand.

»Du wirsch jetzt nit ohnmächtig, oder?!«, rief der Bauer.

»Nein, nein, schon okay«, sagte Thomas leise und mit gesenktem Kopf. Ob der Bauer ihn gehört hatte, wusste er nicht, es kümmerte ihn auch nicht. Er schloss die Augen, alles drehte sich, dann sah er es wieder: Die Kurve, der Rollsplitt, das Motorrad, das ausbricht, der Sturz, der Seitenbügel, der sein Bein schützt, die Maschine, die ungebremst über die Straße schrammt und sich in die Erde am Straßenrand bohrt. Der Anzug, der ihn bremst. Das verwitterte Holzkreuz, das da an einen anderen Motorradfahrer erinnerte, der nicht so viel Glück gehabt hatte … Wie alt bin ich?, dachte Thomas, und: Was habe ich aus meinem Leben gemacht?, gleich danach. Und dann mechanisch, als zählte er bis zehn: 28 Jahre alt, Mechatroniker in einem Betrieb für Landwirtschaftsmaschinen, Linksaußen im Fußballverein, bald bei den alten Herrn, Zugführer in der Freiwilligen Feuerwehr. Motorradfahrer – bis eben. Und sonst? Keine Frau, keine Kinder. Familie? Seine Mutter war vor vier Jahren gestorben. Sein Vater hatte seit zwei Jahren eine Freundin, mit der er nicht gut auskam, weshalb er ihn nicht mehr oft sah. Eine Schwester, die das Leben nach Bremen verschlagen hatte, verheiratet, zwei Kinder, und die er deswegen noch seltener sah als den Vater.

Freunde? Wenige. Frank, der etwas Besonderes war, und Sabine, die er teilen musste.

Als er die Augen wieder aufschlug, stand der Bauer vor ihm und hielt ihm eine Flasche hin. Er lächelte, soweit sein verwittertes Gesicht ein Lächeln zuließ. Thomas nahm einen Schluck, der ihm fast die Kehle versengte.

»Boah, was ist das denn!?«, sagte er hustend. »Das bringt einen ja um!«

»Isch was für Männer«, sagte der Bauer. »Selber g'macht. Enzian.«

»Ah«, sagte Thomas.

»Was mache mer mit sellem Motorrad?«, fragte der Bauer.

»Keine Ahnung«, antwortete Thomas. »Müssen wir nicht auf die Polizei warten?«

»Isch scho' erledigt«, sagte der Bauer, »du kriegsch ä Rechnung von de' Straßemeischterei. Sonscht passiert nix.«

Thomas nickte. Der Bauer blieb eine Weile stumm neben ihm stehen. Irgendwann sah er ein, dass er von Thomas keine Entscheidung erwarten konnte.

»Wenn de willsch, könne mer des Motorrad uff de' Hänger lade und mer bringed's zu mir in de' Schuppe. Do kannsch's denn abhole, wenn de z'weg bisch.« Ohne eine Antwort abzuwarten, ging der Bauer zu seinem Traktor und startete ihn, um ihn so nahe wie möglich an die Ducati heranzufahren. Die Maschine auf den Hänger zu bekommen, war schwieriger. Das ging nur zu zweit. Der Bauer übernahm das Kommando, Thomas folgte seinen Befehlen, ohne nachzudenken. Nachdem sie das Motorrad mit einiger Mühe hochgewuchtet hatten, band der Bauer es mit ein paar Schnüren fest. Anschließend sprang er ab, zeigte Thomas seinen Platz auf dem alten MAN und fuhr los.

Thomas blieb keine Erinnerung an die Fahrt. Er sah Tannenwald, von Wurzeln umfasste Felsen, einen Bach neben der Straße, die sie entlangfuhren, aber es blieben ihm keine Bilder hiervon im Gedächtnis. Das war eingenommen von der Landstraße, die enger wurde, der Kurve, dem Rollsplitt, dem Sturz … Je öfter sich Thomas an den Unfall erinnerte, desto flauer wurde ihm im Magen.

Über einen Schotterweg kamen sie an ein mit dunklen Schindeln gedecktes Bauernhaus. Verwaist stand es auf einer Anhöhe mit Blick in das Tal, hinter ihm erhoben sich traurige Kiefern. Thomas hätte nicht sagen können, ob die Fahrt zehn Minuten oder eine Stunde gedauert hatte, aber dass der Bauer dort alleine lebte, das wusste er sofort. Der fuhr bis vor die Scheune und machte dann Halt. Er hatte die Fahrt über nicht gesprochen. Jetzt stieg er ab und öffnete das Tor. Wieder aufgesessen, fuhr er mit Thomas hinein.

Die Scheune war groß, warm und hell, die Wände aus Holz; durch breite Spalten zwischen den Brettern fiel das Sonnenlicht hinein, in dessen Schimmer der Staub tanzte. Über die Jahre hatte sich allerlei Gerät in der Scheune gesammelt: ein alter Pflug, eine Häckselmaschine, ein ausgeweideter Traktor, Reifen, ein Ernteanhänger, unter einer Plane in der hintersten Ecke etwas, das wie ein Motorrad aussah.

Der Bauer stellte ein breites Brett an den Hänger,

sodass er das Motorrad mit etwas Vorsicht herunterschieben konnte. Dann stellte er es neben den ausrangierten Traktor und nickte.

»Komm mit ins Haus«, sagte er schließlich und Thomas folgte ihm.

XVII

»Wir wollten Sie gleich dem Richter vorführen, aber der ist gerade noch in einer Verhandlung«, sagte der Kommissar, »ich muss Sie daher um ein wenig Geduld bitten.«

»Geduld?«, wiederholte er fast belustigt. »Ich habe nicht wirklich eine Wahl, oder?«

Der Polizist zuckte mit den Schultern und lächelte.

»Was wirft man mir denn vor?«, fragte er und gab sich gelassen.

»Oh, hat man Ihnen den Haftbefehl nicht gegeben?«, fragte der Kommissar. »Tut mir leid. Hier, nehmen Sie mein Exemplar.« Mit diesen Worten händigte er ihm den auf rotem Papier ausgefertigten Beschluss aus.

Er ließ den Blick über das Papier streifen und nickte gewichtig.

»Totschlag«, sagte der Kommissar trocken, »Totschlag an Ihrem Nachbarn.«

»Mein Nachbar lässt sich auf Mallorca die Sonne auf den Bauch scheinen«, antwortete er sicher, »würde ich an seiner Stelle auch tun.«

»Sehen Sie«, sagte der Kommissar ernst, »das glauben wir nicht.«

»Glauben Sie es oder glauben Sie es nicht, der taucht schon wieder auf.«

»Ich muss Sie belehren. Sie sind nicht verpflichtet, irgendwelche Angaben zu machen. Außerdem benötigen Sie einen Verteidiger. Wenn Sie sich keinen Verteidiger wählen, wird Ihnen einer gestellt. Ich kenne einige sehr gute Anwälte. Wenn ich anrufe, wird sicher bald einer von ihnen da sein.«

»Ich wüsste wirklich nicht, wofür. Ich habe nichts getan.«

»Ich fürchte, Sie haben nicht die Wahl. Kennen Sie irgendeinen Anwalt, dem Sie vertrauen?«

»Ich kenne keinen Anwalt und ich brauche auch keinen.«

»Dann bestellen wir Ihnen einen«, sagte der Kommissar und ging hinaus.

Als er allein war, vergrub er das Gesicht in seinen Händen.

XVIII

Gulasch mit Nudeln und mit brauner Soße – in der Kantine gab es immer wieder den gleichen Fraß. Holzer lud sich sein Tablett voll und suchte einen Platz. Steffi saß allein an einem Tisch und winkte ihn schon von Weitem zu sich, aber Holzer tat so, als wäre er verabredet und trat an einen Tisch mit ein paar Kameraden, die gestern mitgefeiert hatten, gerötete Augen und verschlafene Gesichter allesamt. Einer hatte sogar ein geschwollenes Auge. Holzer war nicht der Einzige, bei dem der Abend Spuren hinterlassen hatte.

»Na, Männer, schon wieder klar im Kopf?«, fragte Holzer schneidig, während er sich setzte, erhielt aber keine Antwort. Müde Bande, dachte er. Er wartete eine Weile und sah auffordernd in die Runde. »Offenbar nicht!«, meinte er schließlich und grinste, »ging ja doch hoch her! Trinken ist nichts für Anfänger, wie mein alter Stuffz immer gesagt hat.« Dass die Kollegen noch so angeschlagen waren, hob seine Laune ganz beträchtlich. Vertrage offensichtlich doch noch etwas mehr als diese Füchse, dachte er und schob sich einen Löffel Gulasch in den Mund. Er hatte beinahe den halben Teller in sich hineingeschaufelt, als ihm auffiel, dass immer noch kein Wort gefallen war.

»Was ist denn heute los mit euch?«, fragte er immer

noch grinsend, »hat's euch die Sprache verschlagen, oder was? So hart war es gestern jetzt auch wieder nicht!«

Die Kameraden sahen sich wechselseitig an. Ihr Blick ging von einem zum anderen, von links nach rechts und wieder zurück – wie der Ball bei einer Kurzpass-Stafette im Fußball.

»Du hast ganz schön Nerven!«, meinte schließlich der Kamerad mit dem geschwollenen Auge.

»Wieso, was ist denn?«, antwortete Holzer überrascht – wobei genau in diesem Moment eine unangenehme Erinnerung in ihm erstand, flüchtig, eine Ahnung nur, die hervortrat hinter einer Nebelwand von Alkohol und Vergessen.

»Du weißt es wirklich nicht mehr?«, fragte der Kollege ungläubig.

»Nein, was denn?«, antwortete Holzer nun sehr viel weniger gut gelaunt als noch vor einer Minute. »Es war lustig, das weiß ich noch ... Hat nicht noch einer in die Zimmerpflanzen gekotzt?«

»Also, das weißt du noch ...«, sagte Schilling, dessen Gesichtsfarbe am wenigsten gesund aussah an diesem Tag. Er war's, dachte Holzer, Schilling hat in die Rabatten gekotzt.

»Du hattest mal wieder deine fünf Minuten ...«, sagte der mit dem blauen Auge resigniert, »aber wenn du mich fragst: Wer nicht saufen kann, der sollte es besser lassen!« Kaum hatte er ausgesprochen, legte er sein Besteck auf das Tablett, stand auf und ging.

Holzer sah ihm betreten nach: »Uli, bleib doch, was ist denn passiert? Ich weiß es wirklich nicht mehr!«, rief er ihm hinterher. Doch der lief weiter, ohne sich umzudrehen. Und kurz darauf standen auch Weber und Mayer auf und verließen den Tisch … Nur Schilling blieb sitzen und stocherte in seinem Gulasch.

»Tobi, was ist passiert?«, fragte Holzer kleinlaut. Er wusste, was die Kollegen meinten, wenn sie von seinen fünf Minuten sprachen. Er hatte manchmal … er meinte es ja nicht böse, er konnte nur …

»Hast du Schmidts Auge gesehen?«, fragte Schilling und zeigte dabei auf sein eigenes. »Das warst du! Ohne Grund – du hast aus heiterem Himmel zugeschlagen. Kannst froh sein, wenn er dich nicht anzeigt. Wir haben ihn schon den ganzen Morgen bequatscht, damit er es lässt.«

Holzer ließ sein Besteck fallen und schüttelte den Kopf. Aus den Nebelschleiern seines Gedächtnisses trat eine Gestalt hervor und schlug zu. Es war ihm klar, dass er das sein musste, aber er erkannte sich nicht. Das war nicht er … Er schlug keinem Kameraden grundlos ins Gesicht.

Holzer sah seinen Kollegen betreten an und verzog das Gesicht: »Echt, jetzt?«, fragte er kleinlaut und Schilling nickte.

»Schei…«, sagte Holzer.

»Kannst du wohl sagen!«, antwortete Schilling.

»Und warum?«

Schilling zuckte mit den Schultern. »Keiner weiß es. Ihr habt euch unterhalten, über alles Mögliche. Plötzlich bist du laut geworden. Du hast rumgeschrien, er sei ein Schwein, und hast zugeschlagen. Wir sind sofort dazwischen. Es brauchte drei Männer, um dich festzuhalten. Du hast immer wieder rumgebrüllt: ›Ich mach ihn fertig, ich mach ihn fertig.‹ Wir haben dich in deine Stube geschleppt und gewartet, bis du Ruhe gibst.«

»Oh, Mann!«, sagte Holzer. Er sah zu beiden Seiten, als ob er sichergehen wollte, dass ihm niemand zuhörte. »Ich weiß nichts mehr davon!«, aber noch während er den Satz aussprach, war er gelogen. Die Szene erstand vor ihm. Er sah Schmidt vor sich, wie er einen Witz machte, irgendetwas über Soldaten-Frauen, und fühlte zugleich, wie der Zorn ihn ergriff, Zorn, so übermächtig und gewaltig, dass er ihn ganz und gar ausfüllte und jedes andere Gefühl und jede Hemmung und jeden Gedanken, die gerade noch in ihm gewesen sein mochten, wegfegte. Und da schrie er und schlug zu ... Und trotzdem konnte Holzer nicht glauben, dass tatsächlich er es gewesen sein sollte, der da zugeschlagen hatte. Das war doch nicht *er*, oder? Das musste ein anderer sein; das war ein anderer.

»Alles okay bei dir?«, fragte Schilling. »Du siehst zum Fürchten aus!«

»Alles okay, alles okay. Ich bring das mit Schmidt wieder in Ordnung. Aber glaub mir, ich weiß wirklich nichts mehr, nichts!«

XIX

Einsam stand sie hinter ihrem Schalter und sah durch das Sicherheitsglas. Seit Sabine mit dem Revisor verschwunden war, hatte sich keine Menschenseele mehr in der Bank blicken lassen. Noch nicht einmal einer dieser Rentner, die vor lauter Langeweile täglich ihre Kontoauszüge ausdruckten, war aufgetaucht. Zäh tropfte die Zeit dahin. Das Telefon blieb stumm, die automatische Eingangstür verschlossen. Nur der Sekundenzeiger an der Wanduhr bewegte sich, Schritt für Schritt in einem immer gleichen, unendlich langsamen Takt. Sie war allein. Wenn sie jetzt ginge, würde es niemand bemerken, würde sie sterben, niemand sie vermissen.

Die Müller stand völlig unbewegt, aber in ihr gärte es. Man musste etwas tun, dachte sie. Zusehen und das Maul halten, das konnte jeder, das machten ja auch die meisten, aber das war falsch. Man musste etwas tun. Man hatte ja auch so etwas wie eine Verantwortung im Leben und man hatte Pflichten – ja, Pflichten. Natürlich! Sie mochte dieses Wort. Sie wusste, es war irgendwie aus der Mode gekommen, aber *sie* mochte es. Pflichten waren eindeutig, waren klar, waren nicht so wischiwaschi … Wo war denn Sabines Mann stationiert, wie hieß das Kaff noch mal? Irgendetwas mit … Die Müller schüttelte den Kopf. Sie kam nicht drauf, beim besten Willen nicht. Aber ihr Ex, ihr Ex müsste es wissen! Der hatte doch mal erzählt, dass er zu seiner Zeit beim Bund in dem gleichen Kaff war. Aber ihn deswegen anrufen? Das kam absolut nicht infrage, absolut nicht. Wenn sie Pech hatte, ginge statt ihrem Ex das Flittchen an den Apparat und dann müsste sie gleich ihre Tropfen nehmen. Nein, ein Gespräch mit der Kuh war das Letzte, was sie heute gebrauchen konnte.

Sie erinnerte sich an das Spiel, das sie als Kinder immer gespielt hatten, sie nannten es Topfschlagen. Es ging darum, dass man mit verbundenen Augen und einem Kochlöffel in der Hand einen umgedrehten Topf suchte, unter dem etwas versteckt war. Dabei dirigierten einen die anderen Kinder mit den Worten »wärmer, kälter, eiskalt, heiß …« Je näher man dem Topf kam, desto heißer, je weiter man sich entfernte, desto kälter wurde es. Warm, kälter, warm, warm … Kalt! Ja, da war irgendetwas mit kalt … Dachte die Müller.

Irgendetwas mit Kälte … Die Stadt hatte irgendetwas mit Kälte zu tun. Kaltenheim, Kaltenhausen, Kaltenkirchen … Nein, das war's nicht. Es gab dort irgendetwas Kaltes, ja, das war es: Irgendetwas war dort kalt, aber es fiel ihr beim besten Willen nicht mehr ein.

XX

Der Bauer führte Thomas durch einen dunklen und niedrigen Gang in die Küche. Überall roch es muffig, so als hätte man hier seit Jahren nicht gelüftet. Die Küche war alt und schien kaum noch benutzt. Thomas hätte nicht sagen können, woran er das erkannte; es war einfach kein Leben mehr in ihr.

Der Bauer zeigte auf einen Platz an einem einfachen Esstisch, auf dessen grauer Oberfläche noch einige Brotkrumen lagen. Dann bereitete er in einer alten Maschine Kaffee zu. Thomas saß stumm in seiner Ecke und sah sich um. Ein alter Elektroherd, eine Spüle aus Keramik, ein einzelner Küchenschrank mit Kommode und Vitrine, ein Kühlschrank von Miele, der Esstisch aus Resopal … Thomas erinnerte sich, dass es bei seinen Großeltern ähnlich ausgesehen hatte – bevor die Einbauküchen aufgekommen waren und Herd und Kühlschrank hinter einheitlichen Furnierhölzern verschwanden. Bei seinen Großeltern hing in der Ecke über dem Esstisch auch noch ein Kruzifix, aber das fehlte hier. Stattdessen stand in einer kleinen Aussparung in der Mauer ein Foto – eine erloschene Kerze davor. Thomas musste es nicht genauer ansehen. Er wusste, was das Bild zeigte.

Der Bauer stellte zwei große Tassen Kaffee auf den

Tisch und setzte sich neben ihn. Er hatte bemerkt, dass Thomas das Bild entdeckt hatte, sagte aber nichts dazu. Er nahm seine Tasse und trank einen Schluck. Er sah Thomas nicht an.

Thomas überlegte, wie alt der Mann sein mochte, hatte jedoch keine Vorstellung davon. Sein Gesicht war hart und kantig, die Wangen eingefallen und der Blick verloren. In Thomas keimte die Ahnung eines Verlustes, dessen Größe er nicht ermessen konnte.

»Du solltesch jemand a'rufen, de' dich abhole ka'«, sagte der Bauer nach einer Weile. Er sagte es ganz ruhig, ohne Vorwurf oder Eile. »Du hesch doch jemand, zum Arufe?«

»Ja, natürlich«, stammelte Thomas und suchte nach seinem Handy. Es tat ihm leid, dass er den Mann so lange aufhielt, aber ohne diese Aufforderung hätte ihm sogar die Kraft gefehlt, zu telefonieren. Darüber, wen er anrufen sollte, dachte er nicht nach. Es gab nur eine Möglichkeit. Wen sollte man schon anrufen, nach so einem Unfall?

XXI

Sabine erschrak, als sie Thomas' Nummer auf dem Display sah. So verrückt er manchmal war, so hatte er sie doch noch nie bei der Arbeit angerufen. Mit dem Ausdruck »Oh, meine Schwester, da muss ich ran!« entschuldigte sie sich bei dem Revisor, der sie irritiert ansah, und nahm das Gespräch an: »Ja, hallo, Margarethe? Du, ist gerade ganz schlecht, ich bin in einem wichtigen *Meeting!*«

»Wer? Wie bitte?«, stammelte Thomas am anderen Ende der Leitung. »Sabine, bist du es?«

»Ja, klar Schwesterherz, ich bin's, aber es ist jetzt wirklich gerade ganz, ganz schlecht.«

»Sabine, bitte!«, antwortete Thomas und fing mit einem Mal zu weinen an, »bitte! Ich hatte einen Unfall. Mich hätt's beinahe gekostet, meine Maschine ist hin, und ich brauche unbedingt jemanden, der mich abholt. Ich weiß nicht, was ich machen soll. Du solltest die Maschine sehen, die ist völlig hinüber! Sabine, ich hab doch nur dich.«

Sabine hörte, wie es Thomas die Kehle zusammenzog und er kaum noch sprechen konnte. Krampfhaft lächelte sie den Revisor an, der gerade wieder so viel Selbstbewusstsein entwickelt hatte, ihr ins Dekolleté zu starren. Sabine hatte noch nie erlebt, wie ein erwachsener Mann weinte, und fühle sich zugleich erschüttert und abgestoßen. In ihrer Welt weinten Männer nicht, nicht ihr Vater, nicht ihre Freunde, nicht ihr Mann. Dass Männer überhaupt Gefühle hatten, schien ihr schon nicht sicher. Sie wusste nicht, wie sie reagieren sollte und fühlte sich völlig hilflos.

»Jetzt beruhige dich erst einmal. Ist ja alles gut! Dir ist nichts passiert«, sagte sie beschwörend und beschwor auch ihre eigene Unruhe dabei. »Wo bist du denn jetzt?«

»Hier, bei dem Bauern, der mir geholfen hat«, antwortete Thomas.

»Und die Adresse?«

»Die Adresse?«

»Ja, natürlich, wie soll ich dich sonst abholen?«

Sabine hörte, wie Thomas noch einmal aufschluchzte, als habe ihn die Ankündigung, sie würde ihn abholen, noch einmal geschüttelt. Ihr schossen Tränen in die Augen, die sie nicht aufhalten konnte. Dann nannte Thomas die Adresse. Der Bauer musste sie ihm gegeben haben. Sie schrieb sie auf die Papierserviette, die vor ihr lag. Der Revisor sah sie fragend an und versuchte, dabei irgendwie mitfühlend auszusehen.

»Hör zu, ich mach so schnell ich kann«, sagte sie bestimmt. »Ich weiß nicht, wann ich hier wegkomme, aber ich komme auf jeden Fall. Warte dort einfach auf mich, ja? Bleib dort und warte.«

»Ja, mach ich, mach ich!«, antwortete Thomas am anderen Ende der Leitung. Er war Sabine noch nie so hilflos erschienen.

»Keine Sorge, ich komme!«, sagte sie. Sie hätte alles für ihn getan in diesem einen Augenblick.

Sabine legte auf, wischte sich geschickt eine Träne aus dem Augenwinkel und sah den Revisor mit einem betont tapferen Lächeln an. Der bemühte sich immer noch um einen besorgten Gesichtsausdruck. Dabei hatte sich in seinem Mundwinkel ein kleines Fleckchen Speichelschaum gebildet; vielleicht weil er während des Telefonats nichts anderes getan hatte, als Sabine in den Ausschnitt zu starren.

»Entschuldigen Sie die Störung«, sagte Sabine, die sich zwingen musste, den Blick von dieser Speichelecke zu lösen. »Meine Schwester hatte einen Unfall. Ich glaube, es ist ihr nichts weiter passiert, aber sie war gerade völlig aufgelöst ...«

»Oh, Gott ja ...«, antwortete der Revisor. »Da werden Sie sicher ... da werden Sie sicher möglichst bald bei ihr sein wollen, um ihr beizustehen ...«

»Oh, ich wusste, dass Sie das verstehen würden und ich danke Ihnen soooo dafür!«, säuselte Sabine, erhob sich abrupt und streckte dem Revisor die Hand hin. Der sah erschrocken auf. Er hatte sich den Abschied vermutlich anders vorgestellt. »Ich meine, wir sind die Unterlagen ja fast komplett durch. Falls Sie noch irgendeine Frage haben, ich ...«

»Schon gut«, meinte der Revisor mühsam, »gehen Sie nur zu Ihrer Schwester. Das ist jetzt wichtiger. Familie.«

»Sie sind soooo großzügig«, sagte Sabine mit halb echter und halb gespielter Dankbarkeit und eilte aus dem Lokal, dass ihr die Leute hinterhersahen. So schnell es ging, wollte sie zu ihm, aber zuvor musste sie ihrer Kollegin Bescheid geben. Sie war sich sicher, dass Dagmar Verständnis haben würde.

Sabine stürmte in die Bank, wo die Müller hinter dem Geldschalter stand und wartete. Dass sie dabei krampfhaft versuchte, sich daran zu erinnern, wo Sabines Mann stationiert war, sah man ihr nicht an. Wie sollte man auch? Dagmar legte den Kopf schief, wie um zu fragen, wieso Sabine denn so in Eile sei, und zog die Augenbrauen hoch.

»Dagmar, entschuldige, ich weiß, dass ich dich ablösen sollte, aber es ist ein Unfall passiert. Ich muss dringend weg …«, sagte Sabine atemlos – wobei sie das mit der Atemlosigkeit auch etwas übertrieb, nicht etwa in böser Absicht, sondern nur um die Dringlichkeit ihrer Situation ein wenig deutlicher zu machen.

»Unfall?«, fragte Dagmar ungläubig, »wer hatte denn einen Unfall?«

Sabine stockte. Sie wollte Dagmar nicht anlügen, denn die kannte Sabines Schwester und würde herausbekommen, dass sie nicht verunfallt war. Sie konnte ihr aber auch nicht die Wahrheit sagen. »Mei… mein … Ich erzähl's dir später!«, antwortete sie hastig und verhaspelte sich. Oh Gott, was erzähl ich ihr bloß?, dachte sie dabei.

Dagmar sah sie an und nickte, was Sabine als Zustimmung deutete. Sofort machte sie auf dem Absatz kehrt und verließ die Bank auf dem kürzesten Weg. Sie rief noch: »Ich mach's wieder gut, ich versprech es!«, aber da hatten sich die Glastüren hinter ihr schon fast wieder geschlossen.

XXII

Der Bauer sah Thomas fragend an. Natürlich hatte er das Gespräch mit angehört. Das hatte sich nicht vermeiden lassen. Und natürlich hatte er verstanden, dass Thomas eine Frau angerufen hatte, die – ja, die …

Dass Thomas geweint hatte, störte ihn nicht, aber es berührte ihn auch nicht. Sein Herz war zerrissen, in zwei Teile, mitten in seiner Brust; dass es trotzdem weiterschlug, verstand er nicht. Seit er seinen Sohn begraben hatte, berührte ihn nichts mehr, weder Schmerz noch Freude. Schon der Tod seiner Ehefrau wenige Monate später hatte ihn nicht mehr erreichen können. Er sah, wie sie krank wurde, brachte sie ins Krankenhaus, und dort starb sie dann. Das war alles. Er regelte die Formalitäten und kümmerte sich um die Beerdigung – er wusste ja schon, wie es ging. Wenn er überhaupt etwas fühlte, dann war das vielleicht Neid. »Ein kaltes Herz«, sagte er manchmal zu sich, »ein kaltes Herz.«

Der Pfarrer hatte ihn nach dem Tod des Sohnes und nach dem Tod der Frau besucht. Er sprach mit ihm über Hiob und über die Prüfungen, die Gott seinen Dienern auferlegte. Er wollte ihm beistehen in Schmerz und Wut und Trauer. Aber da war sein Herz schon tot, und in ihm fand sich weder Schmerz noch Wut noch Trauer. Es wäre besser gewesen, wenn. Der Bauer sah den Pfarrer an. Er hätte ihn gern gefragt, wieso sein totes Herz noch weiterschlug. Das war das Einzige, was ihn beschäftigte. Aber der Pfarrer war jung. Er hatte ein glattes Gesicht wie ein Mädchen. Er hätte die Antwort nicht gewusst.

Nachdem er seine Frau beerdigt hatte, dachte er, er würde ihr bald folgen. Das gab es ja oft bei alten Paaren, selbst bei denen, die sich schon jahrelang nichts mehr zu sagen hatten. Erst ging der eine, bald folgte der andere. Der Gedanke machte ihm nicht Angst, er verschaffte ihm Erleichterung. Nachts, wenn er nicht schlafen konnte, weil sein Herz zu sehr schlug, obwohl es doch zerrissen war, und der Wind um das Haus heulte, dachte er, dass es bald zu Ende gehe. Das beruhigte ihn. Aber er war seiner Frau nicht gefolgt. Er blieb am Leben. Wahrscheinlich hatte sie ihn einfach nicht haben wollen, da drüben, auf der anderen Seite, und ihn daher nicht zu sich gerufen, weil sie froh war, mit dem Sohn allein zu sein, und genauso wenig an ihm hing wie er an ihr. Er konnte es verstehen.

»Was isch mit dere Frau?«, fragte er Thomas unvermittelt. Er wunderte sich selbst über die Frage. Das ging ihn doch gar nichts an.

»Nichts, sie kommt, sobald sie kann. Sie arbeitet in einer Bank. Da kann sie sich nicht gleich frei machen«, antwortete Thomas.

»Isch nit dini Frau, oder?«

Thomas schüttelte den Kopf und sank in sich zusammen.

Der Bauer verstand. »Pass uff mit so eppis«, sagte er. Er dachte daran, dass dieser Junge einen Vater hatte, einen Vater, dem es das Herz in der Brust zerreißen würde, wenn Thomas etwas geschähe – so wie es ihm selbst das Herz zerrissen hatte, als seinem Sohn etwas geschehen war.

Thomas schluchzte. Der Bauer sah ihn an und legte ihm die Hand auf die Schulter. Es war bloß eine mechanische Bewegung, wie wenn er ein Tier berührte, um es zu beruhigen, aber sie half. Der grüne Junge da neben ihm wurde ruhiger. Dumma Bue, dachte der Bauer, bisch en dumma Bue, und wusste nicht, wen er damit meinte, seinen Sohn oder den da.

XXIII

Das Nicken der Müller hieß nicht etwa ›In Ordnung!‹, es hieß: ›Hab ich es doch gleich gewusst!‹ Wobei es genau genommen gleich drei Dinge waren, die sie da gleich gewusst, die sie wieder einmal völlig richtig vorhergesehen hatte. Dass dieser junge Kerl verrückt genug war, gegen einen Baum zu fahren, hatte sie vorhergesehen, vorhin schon, als er sich da auf sein Motorrad geschwungen hatte und losgefahren war wie ein Irrer. Dass niemand anderer einen Unfall gehabt hatte als eben dieser junge Kerl, wusste sie auch, sonst wäre ihre Kollegin nicht halb so aufgeregt gewesen. Und dass diese Göre sie natürlich nicht ablösen würde, wie sie es versprochen hatte, sondern allein ließ, wusste sie auch, hatte sie im Grunde genau in dem Moment vorausgesehen, als Sabine ihr zugerufen hatte, sie würde gleich zurückkommen, um sie abzulösen. Denn so eine, so eine hielt ihr Versprechen nie ein, nie! Und überhaupt hielt niemals irgendjemand ein Versprechen ein, jedenfalls nicht ihr gegenüber, vielleicht gegenüber anderen, aber ihr gegenüber nicht. Was von diesen drei Dingen sie zorniger machte, wusste sie nicht. Wäre nicht der Revisor kurze Zeit später aufgetaucht, sie hätte ihren Ex angerufen, um ihn zu fragen, wie denn das Kaff hieß, wo er stationiert gewesen war, selbst auf die Gefahr hin, nur sein Flittchen an den Apparat zu bekommen, so dringend suchte sie ein Ventil für ihren Zorn. Aber der Revisor kam nun einmal zurück, und deswegen konnte sie nicht telefonieren. Seine Stirn war verschwitzt. Er roch nach Bier und Eau de Cologne, beinahe so, wie ihr Ex immer gerochen hatte, wenn er freitags von seinem Skatabend nach Hause gekommen war.

»Ihre Kollegin, Frau Holzer, ist sicher schon weg?«, fragte der Revisor die Müller. Er sprach sie nicht mit Namen an. Vermutlich kannte er ihn noch nicht einmal.

»Ja, sie wurde zu einem Unfall gerufen«, antwortete die Müller mit geheuchelter Anteilnahme.

»Die Schwester, ja«, sagte der Revisor.

»Die Schwester?«, wiederholte die Müller mit einem heimtückischen Lächeln.

»Ja, die Schwester. Hat sie gesagt«, erklärte der Revisor.

»Hmm«, machte die Müller wie eine satte Katze, »ich weiß ja nicht …«

»Was?«, fragte der Revisor.

»Nichts«, sagte die Müller, »ich habe da sicher etwas falsch verstanden.«

Der Revisor sah sie irritiert an. In seinem Mundwinkel stand noch dieser Spuckeschaum. Die Müller wunderte sich, wie schwerfällig und wie widerlich so ein hohes Tier doch sein konnte. Revisor in einer Bank, das war ja eigentlich was. Wie viel brachte der wohl nach Hause? Sieben-, achttausend Euro sicher, und trotzdem konnte er nicht eins und eins zusammenzählen. Ein Mann eben … Hatte vermutlich die ganze Zeit nur die Titten der Holzer im Kopf, ansonsten – Blockade.

»Sagen Sie es ruhig, wenn Sie etwas zu sagen haben!«, meinte der Revisor und sah sie aufmunternd an. An sich müsste ihm ja klar sein, dass sie es gewesen war, die die Zentrale über die etwas großzügige Kreditpraxis ihrer Kollegin aufgeklärt hatte – immer vorausgesetzt, er konnte eins und eins zusammenzählen.

»Nichts«, sagte die Müller und lächelte verlegen, »ich dachte nur, sie hätte von einem Mann gesprochen, aber da hab ich mich sicher verhört.«

»Ja, da haben Sie sich sicher verhört!«, meinte der Revisor ein wenig spitz und zog die Augenbrauen nach oben. So ein Pfannkuchengesicht mit Spucke im Mundwinkel, und zieht die Augenbrauen hoch, dachte die Müller.

»Wissen Sie, ich war dabei, wie ihre Schwester sie anrief«, erklärte er kühl.

»Ah«, sagte die Müller und dachte: Du blöder, arroganter ARSCH! Und dann ging ein Strahlen über ihr Gesicht. Sie fühlte es selbst, es war kein Lächeln, schon gar kein falsches, sondern ein echtes Strahlen, wie man es in ihrem Gesicht schon lange nicht mehr gesehen hatte, denn genau in dem Moment, in dem sie diesen Revisor innerlich einen blöden, arroganten ARSCH genannt hatte, war ihr wieder eingefallen, wo Sabines Mann stationiert war.

XXIV

Sabine fuhr wie in Trance. Sie sah kaum, wie die Bäume an ihr vorbeiflogen, wie sich die Straße vor ihr erstreckte und sich der Himmel über ihr erhob. Sie wusste auch nicht, wo sie war. Hätte nicht das Navigationsgerät sie geführt, wäre sie wer weiß wohin gefahren, nach Frankreich vielleicht oder in die Schweiz. Ihre Aufmerksamkeit reichte gerade dazu, zu blinken, zu kuppeln, Gas zu geben und hin und wieder zu bremsen. Dass sie nicht in einen Graben fuhr, war ein kleines Wunder. Sie dachte: Er hatte einen Unfall, aber er lebt. Gott sei Dank, er lebt. Was wäre aus mir geworden, wenn er gestorben wäre? Und gleichzeitig: Das ist kein Spiel mehr. Das kann nicht immer so weitergehen. Was soll ich bloß tun? Und dann: Ich will unbedingt das Haus behalten, auch wenn ich mich scheiden lasse …

Das Navigationsgerät dirigierte sie zu einem einsamen Aussiedlerhof zwischen Feldberg und Schauinsland, ein rechteckiges, holzverschaltes Gebäude mit einfachem Spitzdach ohne jeden Schmuck. Die Einfahrt und der Hof vor dem Haus waren sauber und aufgeräumt, aber lieblos. Kein Strauch, keine Blumen, keine Bank, kein Brunnen, kein geschnitzter Blumentrog. Nichts von dem üblichen Zierrat, den man sonst vor Bauernhäusern sah und Hof und Einfahrt hübscher gemacht hätte. Sie parkte ihren Wagen und schloss die Augen, um sich ein wenig zu beruhigen. Was, wenn Thomas vielleicht doch verletzt war und er es ihr nicht gesagt hatte? Würde sie erschrecken, wenn er blutete?

Sie stieg aus und ging zur Tür. Sie brauchte nicht zu klingeln. Der Bauer hatte den Wagen schon gehört und öffnete ihr. Sie sah einen alten Mann mit harten Zügen und erloschenen Augen.

»Guten Tag«, sagte sie, »ich bin …«

»I weiß, wer Sie sin'«, sagte der Bauer, drehte sich um und winkte sie herein. Es klang nicht schroff, wie er das gesagt hatte, es klang … teilnahmslos.

Sabine folgte dem Bauern in die Küche. Als sie ihren Thomas eingesunken auf der Ofenbank sitzen sah, das Gesicht eines Buben, die Hände um eine Tasse gelegt, als ob sie sich irgendwo festhalten mussten, und sei es an einer Tasse, da hatte sie das Gefühl, als ergriffe sie etwas, überwältigend, unaufhaltsam und so einnehmend, dass sie gar nicht anders konnte, als sich auf ihn zu stürzen, um ihn zu drücken und zu küssen und dabei zu weinen beginnen, wie irgend so eine dumme Gans, die sie normalerweise verabscheute, nur um ihn wieder zu küssen und ihm zu sagen: »Mein Liebling, was machst du nur für Sachen?«, und dabei noch viel mehr zu weinen, weil ihr in dem Moment, ja, genau in dem Moment, klar wurde, wie sehr und wie dauernd doch das Leben gefährdet war, als wäre es, so schön und so furchtbar es sein konnte, aus feinstem und dünnstem Glas. Und das, genau das, erkannte sie in dieser alten, lieblosen Küche, in der der Tod gegenwärtiger war als an jedem anderen Ort der Welt, auch wenn sie das nicht wusste und nicht wissen konnte. Und so drückte sie ihren Thomas noch mehr, mit der ganzen Kraft ihrer weiblichen Arme, und bedeckte seine Wangen mit Küssen und benetzte sie mit Tränen dabei und nannte ihn ihren Liebling und ihren Schatz und ihr Ein und Alles.

Und Thomas, aufgewühlt von dem kurzen Blick, den er von seinem jungen Leben aus in die Dunkelheit geworfen hatte, klammerte sich an ihr fest und schluchzte.

XXV

Der Bauer betrachtete das Paar, wie er zwei Schmetterlinge im Garten beobachten würde. Ein anderer hätte seinen Blick vielleicht abgewandt oder die Küche verlassen, um den Anblick dessen zu vermeiden, was die beiden sich ausschließlich gegenseitig zu zeigen hatten, aber diesen Impuls verspürte der Bauer nicht. Dann wanderten seine Augen zum Foto seines Sohnes, und er dachte daran, dass auch der Sohn eine Freundin gehabt hatte, ein Mädchen aus Altglashütten, klein, lebensfroh und drall. Der Bauer mochte sie. Sie war seinesgleichen, ein Bauernmädchen, verstand etwas vom Vieh- und von der Hauswirtschaft. Er hätte sie gerne gesehen als seine Schwiegertochter, willkommen geheißen auf dem Hof, wie man das hier tat, damit neues Leben kommt, damit die Dinge weitergehen. Nach der Beerdigung war sie noch zwei- oder dreimal hergekommen, hatte sich zu ihm in die Küche gesetzt, einen Kaffee und vielleicht auch mal einen Kirsch getrunken, viel erzählt und noch mehr geweint. Irgendwann blieben ihre Besuche aus, vielleicht weil sie nicht mehr so oft an den Sohn denken wollte, vielleicht auch weil der alte Bauer immer nur regungslos neben ihr gesessen und an ihrem Kopf vorbei auf die Wand gesehen hatte, wenn sie erzählte oder weinte. Er nahm es ihr nicht übel. Nach einem Jahr erzählte man ihm, sie habe einen Neuen. Und auch das nahm er ihr nicht übel.

Er hatte nie gesehen, dass sie seinen Sohn so umarmt und geküsst, und nie gehört, dass sie ihn ›Liebling‹ oder ›mein Schatz‹ genannt hätte, wie es diese fremde Frau da gerade tat. Und vielleicht hätte es ihn auch überrascht, wenn das Mädchen das getan hätte, denn so etwas passte doch eher zu einer aus der Stadt als zu einer Bäuerin. Aber wenn er es jetzt so bedachte, dann hätte er sich doch sehr gefreut für den Sohn, wenn er so geküsst und liebkost worden wäre, gefreut, wenn nicht damals, so doch zumindest heute.

Der Bauer hätte nicht sagen können, wie lange die beiden so ineinander verschlungen blieben, ob für fünf Minuten oder zehn oder länger, dazu hing er zu sehr seinen Gedanken nach, seinen Gedanken an den Sohn und dessen Freundin. Er wusste noch, wie er damals still von einem Enkel träumte, der im Sommer draußen zu seinen Füßen spielen würde, während er in den Himmel sah. Aber auch dieser Traum war ihm genommen worden. Er hörte ein Seufzen, das aus der Tiefe der Seele zu kommen schien, und dann noch eines, und als er es genauer bedachte, bemerkte er, dass es sein eigenes war.

Vielleicht war es das Seufzen gewesen, jedenfalls löste sich die Umarmung vor seinen Augen, und das Paar sah ihn an, stumm und vielleicht auch etwas verlegen, um dann gleich aufzustehen, sich zu bedanken für die Hilfe, die Gastfreundschaft und die Geduld und ihn mit dem Versprechen zu verlassen, das Motorrad bald abzuholen, damit es ihm nicht länger als nötig im Weg war.

Der Bauer begleitete Thomas und Sabine zum Auto, verfolgte, wie sie einstiegen und seinen Hof und sein Leben wieder verließen. Zum Abschied winkte er.

XXVI

Sabine fuhr Thomas auf direktem Weg nach Hause, am hellen Nachmittag, vor aller Augen, und es war ihr gleich. Als sie in seiner Wohnung waren, riss er sie an sich, ungestüm, ungeschickt und verzweifelt. Er wollte sie, jetzt, sofort, und wäre es das Letzte, was er wollte. Sabine war überwältigt von der Wucht seines Begehrens und hatte nichts entgegenzusetzen als Hingabe. Es war das Leben selbst, das sich in ihm aufbäumte und Bahn brach; nichts und niemand hätte ihm in dem Moment widerstehen können. Halb angezogen noch nahm sie ihn auf, sah ihm in die Augen, küsste seinen Mund, umschlang ihn mit Armen und Beinen. Und plötzlich dachte sie an ein Kind; ein Kind von Thomas, das in ihr reifen und das sie zur Welt bringen könnte. Und als sie das dachte, liebte sie ihn noch mehr als sonst, ja, mehr als sie konnte, denn die Idee eines Kindes führte sie über sich selbst hinaus. Und sie dachte: Ach, mein Thomas!

XXVII

Stetten am kalten Markt, oder auch – wie die Soldaten sagten – Stetten am kalten ARSCH. Da war er stationiert, der Soldat Holzer, der nun Hörner trug. Das war ihr eingefallen beim Anblick dieses arroganten Revisors, und sie war ihm beinahe dankbar dafür, dem ARSCH. Feldwebel Holzer – ober war er zwischenzeitlich Hauptfeldwebel oder Oberfeldwebel, wenn es so etwas gab? Die Müller kannte sich mit den Dienstgraden bei der Bundeswehr nicht aus, und sie waren ihr auch herzlich egal. Spielten ja auch keine Rolle bei einem Hahnrei. Sie googelte fix die Kaserne, fand die Nummer der Zentrale und rief dort einfach an. Sie würde sich schon zu Holzer durchfragen können. Und genau in dem Moment, als Sabine ›Ach, mein Thomas‹, dachte, hatte die Müller Holzer auch schon am Apparat.

Sie hatte sich die Sätze, die sie ihm sagen würde, gut zurechtgelegt. Es wunderte sie nur, dass sie die Kernaussage dreimal wiederholen musste, bevor Holzer verstand. War wohl nicht allzu helle, der Herr Soldat.

»Maier am Apparat«, sagte die Müller. »Wir kennen uns nicht. Ich muss Ihnen kurz etwas sagen. Ihre Frau betrügt Sie. Mit Ihrem Mieter, diesem Motorradfahrer.«

»Was, wie bitte?«, stammelte Holzer.

»Ich sagte: Ihre Frau betrügt Sie!«, antwortete die Müller.

»Ich verstehe nicht …«

»Was gibt es denn daran nicht zu verstehen? Ihre Frau setzt Ihnen die Hörner auf«, sagte sie ungeduldig.

»Aber mit wem denn?«

»Na, mit Ihrem Mieter, diesem jungen Kerl, Sie Rindvieh!«, sagte die Müller und legte auf. Meine Güte, wie konnte man nur so begriffsstutzig sein? Dieses Männervolk war ja so blöde manchmal! Aber das sah diesem Flittchen natürlich wieder ähnlich. Die angelte sich einen, der im Kopf nicht ganz so schnell ist, damit er schön nach ihrer Pfeife tanzt, die Brötchen nach Hause bringt und nicht schnallt, wenn sie sich noch einen anderen anlacht. Typisch, dachte die Müller. Nun, diese Suppe hatte sie ihr jetzt gründlich versalzen. Und dieser Gedanke bescherte ihr doch tatsächlich für einen Moment gute Laune.

XXVIII

Holzer stand regungslos in seinem Kasernenzimmer und hielt den Telefonhörer in der Hand. Er kam nicht auf die Idee aufzulegen. Er hielt ihn einfach in der Hand.

Dachte er etwas? Nein. Anfangs nicht. Fühlte er etwas? Nein, anfangs gleichfalls nicht; Verwirrung vielleicht, aber nicht mehr. Er verstand nicht, was man ihm da gerade gesagt hatte, was ihm diese Frau, deren Stimme ihm vage bekannt vorkam, gesagt hatte.

Sabine ihn betrügen? Das war ausgeschlossen. So eine war sie nicht. Dazu war sie viel zu … anständig. Um ehrlich zu sein, war sie ihm manchmal sogar ein bisschen zu anständig. Also er hätte sich da in ihrem Liebesleben schon noch das ein oder andere vorstellen können, aber sie war da eher … zugeknöpft. Sex war nicht so ihr Ding, hatte sie ihm einmal bedeutet. Er fand das schade, denn sie hatte körperlich so einiges zu bieten. Aber da sie sich nur am Wochenende sahen, und es in der Nähe der Kaserne verschiedene Möglichkeiten für ihn gab, wo er seine natürlichen Bedürfnisse befriedigen konnte, hatte er sich darüber weiter keine Gedanken gemacht.

Und überhaupt. Die hatte doch sonst nur ihre Karriere im Kopf. Die Bank hier, die Bank da … In ihrem Kopf war doch gar kein Platz für so etwas. Dachte er.

Beinahe hätte er angefangen zu lachen. Aber dann traf es ihn mit voller Wucht, ein Schlag in den Magen, den er nicht hatte kommen sehen. Es nahm ihm die Luft, er musste in die Knie gehen. Er hätte jetzt schreien wollen, hätte wegrennen wollen, er hätte das gesamte Mobiliar um ihn herum zertrümmern wollen, aber er blieb stumm und rührte sich nicht. Sie betrog ihn! Diese zugeknöpfte Ziege betrog ihn. Die war nur ihm gegenüber zugeknöpft. Von diesem jungen Kerl ließ sie es sich besorgen, wie es nur ging. Sie fickte mit einem anderen, diese Schlampe!

Holzer wurde schwindelig. Er musste sich setzen, sonst hätte es ihn der Länge nach hingehauen. Als er saß, stürmten Gedanken auf ihn ein wie ein Schwarm Raben auf frische Saat. Sie liebte ihn nicht, sie hatte ihn nie geliebt. Er war nur der Trottel, der ihr dabei half, das Haus abzubezahlen, das sie liebte; der Typ, der stumm vor dem Fernseher sitzen blieb, wenn sie auf irgendeine Prüfung lernte, anstatt sich um ihn zu kümmern; der Typ, der zu den Nutten ging, weil er dachte, seine Frau hätte Spinnweben zwischen den Beinen. Der gutmütige Trottel eben. Und als ihm das klar geworden war, dachte er an die Freundin, die er vor Sabine gehabt hatte, ein hübsches Ding, die ihm jeden Cent aus der Tasche gezogen hatte, und an die Freundin davor, die wegen eines Türken mit ihm Schluss gemacht hatte, und an die russische Nutte von neulich, die ihm irgendetwas von ihrer Tochter in einem Waisenhaus erzählte, weil sie noch einen Fünfziger mehr aus ihm herausholen wollte – und keine dieser FOTZEN, keine hatte ihn *je* geliebt.

Wie konnte er nur so ein Trottel sein? In welcher Welt lebte er eigentlich? In dieser verdammten Welt war man Gewinner oder Verlierer, oben oder unten, Hammer oder Amboss. In dieser verdammten Welt gab es nichts anderes. Und er hatte es so satt, es immer wieder abzubekommen. Amboss würde er nicht mehr sein, NIE WIEDER. Das schwor er bei Gott und bei seinem Augenlicht. Und als Erstes würde er diesem Kerl die Fresse polieren, dass es nur so krachte. Bin mal gespannt, wie ihr sein Gesicht gefällt, wenn ich ihm erst einmal die Nase gebrochen und ein paar Zähne herausgeschlagen habe, dachte Holzer. Mal sehen, wie sein Lächeln aussieht, wenn ihm die Schneidezähne fehlen! Oh, das wird ein Spaß!

XXIX

Sie waren eingeschlafen. Als Thomas erwachte, stand die Sonne schon tief im Westen. Nackt lagen sie im Zwielicht des frühen Abends und hielten einander fest. Thomas streichelte Sabines Wange, bis sie die Augen öffnete. Ihre Schönheit raubte ihm den Atem.

»Ich möchte immer mit dir zusammen sein«, sagte er, und Sabine nickte.

»Ich möchte dich nicht mehr teilen«, sagte er, und Sabine nickte wieder.

»Wir müssen es ihm sagen«, sagte er schließlich, und Sabine nickte abermals.

Sie blieb eine Weile stumm. Ihr Atem hob und senkte ihre Brust. Thomas blieb still liegen und betrachtete sie. Sein Blick glitt über ihr rötlich blondes Haar, ihr ebenmäßiges Gesicht, ihre helle Haut, die geschwungenen Brauen, den roten Mund, den schweren Busen. Er hatte einmal ein Bild gesehen: eine Frau, die in einer großen Muschel stand, die sie aus dem Meer hob, eine Frau mit vollen und langen rotblonden Haaren. Das Bild war berühmt, aber er hatte vergessen, wie es hieß oder wer es gemalt hatte, aber das war egal. Dieses Bild erinnerte ihn an Sabine, und Sabine erinnerte ihn an dieses Bild.

Strawberries, cherries and an angel's kiss in spring …

Sie könnte eine Schauspielerin sein, so schön ist sie, dachte Thomas.

Ab heute gehört sie mir ganz allein, ganz allein, dachte Thomas weiter.

Sabine schloss die Augen und eine Träne kullerte ihr über die Wange.

»Hast du Angst?«, fragte Thomas.

»Ein bisschen«, sagte Sabine.

Thomas strich mit der Hand zart über Sabines Haar. Es muss nun einmal sein, dachte er.

»Soll ich mit ihm reden?«, fragte er nach einer Weile.

Sabine schüttelte den Kopf. »Nein«, sagte sie, »das muss ich machen. Sonst würde ich mir nur noch schäbiger vorkommen.«

»Bist du sicher?«

»Ja, ganz sicher.«

Darauf wusste Thomas keine Antwort mehr. Er fand zwar, dass man gewisse Dinge am besten von Mann zu Mann regelte, wollte sie aber nicht bevormunden. Schließlich war sie es, die mit dem Trottel verheiratet war. Wenn sie meinte, sie müsste die Dinge mit ihm regeln, war das ihr gutes Recht. Er versuchte zu lächeln, bemerkte aber, dass es ihm nicht ganz gelang.

»Ich höre auf, Motorrad zu fahren«, sagte er schließlich.

Sabine öffnete die Augen und sah ihn an. Dann richtete sie sich auf und umarmte ihn. Thomas fühlte ihren Busen an seiner Brust. Ihre Haut war noch ein wenig feucht vom Schweiß.

»Wird es dir nicht fehlen?«, fragte sie.

»Nicht, wenn du da bist«, antwortete er. Nicht mehr Motorrad zu fahren, war kein hoher Preis für eine Zukunft mit Sabine, dachte er, für eine Zukunft mit ihr, und ja, mit Kindern. Seine Kinder sollten keinen Vater haben, der Motorrad fährt, auf keinen Fall. Wie wollte er es ihnen sonst später verbieten?

»Ich möchte dich heiraten und ich möchte Kinder mit dir«, sagte er, »viele Kinder. Am liebsten drei oder vier Jungs. Aber wenn es Mädchen sind, ist das auch in Ordnung.«

»Mädchen sind auch in Ordnung? Das ist großzügig«, sagte Sabine. »Aber darf ich da auch mitreden? Ich meine, ich bekomme die Kinder schließlich.«

»Wenn du unbedingt willst, darfst du da mitreden«, antwortete Thomas.

»Ja, will ich.«

»Also gut, bitte«, sagte er gönnerhaft.

»Sehr gut. Also: Ich will auch Kinder, am liebsten einen ganzen Stall voll und am liebsten Jungs.«

»Dann sind wir uns ja einig«, meinte Thomas.

»Klar. Aber du bleibst zu Hause und kümmerst dich um sie. Und ich gehe arbeiten und bringe das Geld nach Hause.«

Thomas zuckte einen Moment. Er war sich nicht sicher, ob Sabine das ernst meinte. Er forschte in ihrem Gesicht, aber da war nichts zu sehen, was es ihm verraten hätte.

»Du meinst das ernst«, sagte er schließlich.

Sabine nickte. »Ich meine das ernst.« Und, ohne weiter darüber nachzudenken, sagte Thomas: »Okay, einverstanden.«

Er hätte einen Mord für sie begangen, so sehr liebte er sie. Ein Leben als Hausmann schien ihm demgegenüber nur ein sehr geringes Opfer zu sein.

XXX

Holzer war auf dem Weg zu seinem Parkplatz, als ihm einfiel, dass es vielleicht klüger wäre, nicht mit dem eigenen Auto zu fahren. Dabei wusste er gar nicht, wieso das klüger wäre. Darüber dachte er nicht nach. Er machte auf dem Absatz kehrt und ging zurück in die Kaserne. Niemand beachtete ihn. Er war einer von vielen, nicht anders als die anderen. Er ging wieder in den Unteroffizierstrakt und klopfte an Steffis Tür. Für einen Moment fürchtete er, er könnte vielleicht nicht da sein. Aber nein, das »Herein« folgte sofort, es klang sogar fröhlich.

Holzer öffnete die Tür und spähte in das Zimmer. Steffi saß mit Headset an seinem Computer und sah zu ihm auf. Auf dem Bildschirm erkannte Holzer eine Kraterlandschaft, auf der eine Schlacht tobte. »Wartet einen Moment, ich bin gleich wieder bei euch!«, sagte Steffi und zog das Headset aus. »Dieter! Schön, dass du Zeit hast«, sagte Steffi, »ich dachte schon, ich muss meinen Geburtstag allein nachfeiern, komm rein!«

»Stefan, du kennst mich doch«, antwortete Holzer, »ich lass doch meine Freunde nicht im Stich. Wobei, ist jetzt echt blöd, aber … ich muss noch mal weg. Und ich bräuchte dein Auto …«

»Mein Auto?«, wiederholte Steffi etwas begriffsstutzig. »Wozu brauchst du denn mein Auto?«

»Du ... mit meiner Kiste ist irgendwas. Der Motor hat so Aussetzer, da krieg ich Schiss. Ich muss das unbedingt reparieren lassen. Aber ich muss jetzt unbedingt noch mal kurz weg ... Und ich dachte ... unter Kumpels ...«

»Klar, kein Thema!«, sagte Steffi, klang aber enttäuscht dabei. Er ging zu einer kleinen Garderobe, an der seine Jacken hingen. Nachdem er einige Taschen durchwühlt hatte, reichte er Holzer seinen Autoschlüssel.

»Mensch, danke«, sagte Holzer, »ich wusste doch, dass ich mich auf dich verlassen kann. Du bist ein echter Kumpel!«

»Hey, immer ...«, antwortete Steffi zugleich geschmeichelt und gönnerhaft.

»Und deinen Geburtstag, den feiern wir noch!«, sagte Holzer und klopfte Steffi auf die Schulter. »Aber mit allem Drum und Dran!«

»Klar!«, sagte Steffi, aber da hatte sich Holzer schon wieder umgedreht und lief in schnellen Schritten den Gang herunter.

»Wann feiern wir denn nach?«, rief Steffi ihm hinterher.

»Morgen, morgen schon!«, rief Holzer gut gelaunt und drehte sich noch einmal um, um ihm kurz zuzuwinken. Wenn er schon Steffis Auto bekam, konnte er auch ein wenig freundlich sein, dachte er. Als er an seiner Stube vorbeikam, fiel ihm ein, dass es doch ganz praktisch wäre, wenn er noch etwas anderes mitnehmen würde, etwas zum Schutz, zur Sicherheit. Wie gut, dass er noch einmal zurückgekommen war!

Die Sporttasche über die Schulter gehängt, ging er in Richtung Parkplatz. Steffis Auto stand in der gleichen Reihe wie sein eigenes. Der Kleine fuhr einen alten grünen Opel Kadett Combi. Normalerweise hätte sich Holzer für kein Geld der Welt in so eine Scheißkiste gesetzt, aber heute war der Wagen perfekt. Unauffälliger konnte man sich gar nicht fortbewegen, das war praktisch ein Tarnwagen. Jetzt nur noch am Kasernentor vorbei … Kein Problem, schon erledigt. Kein Mensch kümmerte sich darum, ob die Berufssoldaten die Kaserne verließen. Die Zeiten waren zum Glück vorbei. Es notierte auch niemand, wann sie kamen und wann sie gingen. Sie waren ja keine Verbrecher! Staatsbürger in Uniform, das waren sie. Keine Verbrecher.

Holzer befuhr die B 111 nach Tuttlingen. Er würde sicher zweieinhalb Stunden unterwegs sein, aber das störte ihn nicht. Er fuhr gern Auto, selbst so eine klapprige Kiste hatte noch ihren Reiz für ihn. Er hatte gute Laune, schon eine ganze Zeit hatte er gute Laune, bemerkte er. Seit er sich entschlossen hatte, diesem kleinen Hosenscheißer eine aufs Maul zu geben, lief alles glatt. Und was das bedeutete, war Holzer völlig klar. Es bedeutete, dass es die richtige Entscheidung war, dem Kleinen eine Lektion zu erteilen, ganz einfach. Um seine Laune noch etwas zu heben, stellte er sich vor, wie er es anstellen würde: Klingeln, warten, bis die Türe geöffnet wird, und peng!, voll eins in die Fresse, gleich nachsetzen, und peng!, noch eine. Und wenn der Scheißer dann auf dem Boden lag, einen fetten Tritt in den Magen und einen fetten Tritt in die Rippen – oder zwei, da würde er improvisieren. Aber es musste so ein richtig fetter Tritt sein, damit es diesem Wichser auch so richtig scheiß wehtat … Danach eine kleine Pause, um zu genießen, wie der Kleine sich krümmte. Und wenn er dann glaubte, es käme nichts mehr, er hätte es jetzt überstanden, dann noch einmal in die Fresse voll mit der Stiefelspitze. Das hielten die Zähne nicht aus, auf keinen Fall. Auf das Geräusch beim Splittern freute sich Holzer jetzt schon. Das wird ein Fest! Dann würde er den Kleinen vielleicht noch anspucken oder ihn anpissen, mal sehen, wonach ihm gerade war.

Und Sabine? Was würde er eigentlich mit Sabine machen? Bei ihr bleiben? Quatsch, auf gar keinen Fall. Die Fotze hatte ihre Beine für einen anderen breit gemacht. Die würde er nicht mehr mit der Zange anfassen. Oder doch? Vielleicht einmal so richtig rannehmen, so wie er es bei ihr noch nie gemacht hatte, und ihr dann eine reinhauen dabei, so wie bei der kleinen Russin neulich? Das wär's doch eigentlich mal! Und wenn er dann in ihr abspritzte, gleich noch mal eine aufs Maul! Holzer bekam einen Steifen bei der Vorstellung. Und danach? Ein neues Leben! Er musste doch nicht in dieser Scheißkaserne in Stetten bleiben! Er könnte wieder dahin, wo die Amis stationiert waren, Frankfurt oder Ramstein, wo er wieder Baseball spielen konnte mit den Jungs. Das wäre super. Wenn er daran dachte, dass er sich nach Stetten hatte versetzen lassen, um näher bei Sabine zu sein, kam ihm das Kotzen.

Das Klingeln des Handys riss ihn aus seinen Gedanken. Er sah auf das Display: Steffi! Was wollte der denn jetzt noch? Er hätte ihn beinahe weggedrückt, da fiel ihm ein, dass er immerhin in seinem Auto saß. Da wäre das ja irgendwie unhöflich gewesen. Also nahm er das Gespräch an – sogar mit einem Lächeln im Gesicht.

XXXI

Der Alte hatte ihnen noch lange nachgesehen. Er wunderte sich selbst darüber, aber irgendetwas an diesem jungen Motorradfahrer hatte ihn doch berührt. Kein Gefühl, das er empfand, das nicht, aber doch der Widerhall eines Gefühls, dessen Spuren sich noch in der Tiefe seiner Seele fanden; die Erinnerung an ein Gefühl, die ihn berührte.

In den ersten Wochen nach dem Unfall hatte er noch versucht, mit dem Toten zu sprechen. »Stefan«, flüsterte er, weil er dachte, dass ihn das Flüstern näher zu seinem Sohn bringen würde, »Stefan, hörsch du mich? Wo bisch du bloß? Wieso bisch du denn mit dere Scheißmaschine nit vorsichtiger gsi?« Stundenlang richtete er das Wort an den Sohn, egal, was er tat, egal, wo er war, aber Stefan antwortete nicht.

Zu der Zeit versuchte er auch noch, ein Geschäft zu machen, mit Gott, dem Teufel oder dem Tod, das war egal. Er bot das eigene Leben im Tausch gegen das Leben seines Sohnes. Aber keiner der drei ging auf den Handel ein. Was war so ein altes Bauernleben auch schon wert? Wer wollte das haben?

Nachdem er eingesehen hatte, dass niemand ihn hörte und ihn niemand erhörte, verstummte er.

Kurze Zeit später starb seine Frau. Auch sie wollte

nicht mehr mit ihm reden. Er war bei ihr, als sie ging. Noch im Tod stand in ihren Augen der Vorwurf, dass er den Sohn nicht vom Motorradfahren abgehalten hatte. Dass er es ihm nur verboten, ihn aber nicht windelweich geprügelt und gedroht hatte, ihn vom Hof zu jagen und zu enterben, als er mit dieser Scheißmaschine ankam. Als ob so ein alter Mann heutzutage einem jungen Mann noch irgendetwas sagen oder vorschreiben konnte! Als ob. Die Jungen brauchen die Alten ja nicht, es ist immer nur umgekehrt.

Als er diesen Gedanken zu Ende gedacht hatte, drehte er sich um und ging ins Haus zurück. Hier oben war es kalt am späten Nachmittag, selbst jetzt im Frühsommer. Er schloss die Tür hinter sich. Das Haus war still, nichts war zu hören. Er fiel in die Leere zurück, die hier alles beherrschte. Was war es bloß, das ihn noch am Leben hielt?, überlegte er.

In der Küche räumte er den Tisch ab und spülte die Tassen. »Er isch ung'fähr so alt wie du«, sagte er und dachte an den Sohn, »hoffentlich passiert ihm nit au ebbis.« Und während er das sagte, war er beinahe sicher, dass dem Jungen etwas geschehen würde. Aber auch das war weniger eine Ahnung, als die ferne Spiegelung der Sorge, die er stets um den Sohn getragen hatte.

XXXII

Sabine duschte bei sich oben. Sie hatte heute noch einen Kurs über Immobilienrecht an einer privaten Wirtschaftsakademie in Freiburg und wollte nicht zu spät kommen. Dabei war es ihr ganz recht, dass sie den Abend nicht mit Thomas verbringen konnte. Das gab ihr Zeit und Gelegenheit, in Ruhe über alles nachzudenken. Eine so wichtige Entscheidung wollte schließlich überdacht werden, fand Sabine.

Sollte sie sich von ihrem Mann trennen? Das war die Frage, die zu beantworten war. Also: Sollte sie sich wirklich von ihrem Mann trennen? Es würde einiges an Ärger geben, da war sie sicher. Auch wenn er die Hand nie gegen sie erhoben hatte, wusste sie, dass er zu Jähzorn neigte und es nicht einfach zulassen würde, wenn sie ihn vor die Tür setzte. Das mit Thomas musste sie ja nicht unbedingt gleich erwähnen. Es würde ihn nur kränken. Wenn sie es ihm erst in ein paar Wochen sagte, war das immer noch früh genug. Fand Sabine. Andererseits würde ihr Verhältnis mit Thomas nicht mehr sehr lange geheim bleiben. Es war daher ziemlich wahrscheinlich, dass ein ihr mehr oder weniger freundlich gestimmter Zeitgenosse ihrem Mann bald davon erzählen würde. Aber gut, wenn er bis dahin ausgezogen war, war das zu verkraften. Womit sie am eigentlich kritischen Punkt war. *Er* sollte ausziehen und das möglichst bald. Und sie wollte das Haus behalten. Sie musste das Haus behalten. Also musste sie ihren Mann irgendwie dazu bringen, dass er auszog und ihr schnell den Schlüssel gab. Aber wie? Okay, sie könnte auch einfach die Schlösser wechseln, sobald er wieder in der Kaserne war. Sie hatte zwar gehört, dass man das eigentlich nicht durfte, aber egal … Im Leben musste man sich zu helfen wissen. Not kennt kein Gebot. Also? Sollte sie sich trennen?

Sabine sah in den Spiegel und fragte laut: »Soll ich mich trennen?« Es wäre schön gewesen, wenn ihr Spiegelbild jetzt einfach geantwortet hätte, so wie in einem Film, aber natürlich antwortete das Spiegelbild nicht. »Also, soll ich mich trennen?«, wiederholte sie, während sie ihr Gesicht begutachte. Sie hatte die etwas helle und empfindliche Haut der Rothaarigen und neigte zu Sommersprossen. Daher achtete sie streng darauf, nicht ungeschützt in der Sonne zu sein, und überprüfte Abend für Abend sehr genau, ob sich vielleicht ein neuer Pigmentfleck gebildet hatte. Heute aber konnte sie beruhigt sein. »Soll ich mich trennen?«, fragte sie noch einmal.

Während sie sich schminkte, wurde ihr klar, dass sie die Entscheidung im Grunde bereits getroffen hatte. Sie konnte dieses Doppelleben unmöglich länger fortsetzen. Das war nicht sie. Sie war nicht so eine, sie war keine Schlampe. Die Ehe mit Dieter war von Anfang an keine gute Idee gewesen. Das hatte sie vom ersten Tag an geahnt, aber trotzdem nicht verhindern können. Nachdem sie mit Dieter zusammengekommen war und die ersten Nächte mit ihm in einem Bett verbracht hatte, war sie einmal ohne jeden Grund mitten in der Nacht mit der schrecklichen Erkenntnis aufgewacht, dass sie ihn nicht liebte. Dieter lag neben ihr und atmete ruhig. In diesem Augenblick ergriff sie die Gewissheit, nichts für ihn zu empfinden, so schrecklich und so kalt, dass sie sich eigens an ihn herankuschelte, um sie zu vertreiben. Was hatte sie bloß gesucht bei ihm? Sie war da auf irgendeine Art hineingeraten. Sie wusste weder wie noch warum. Oder doch? Eine Erinnerung streifte sie. Jemand, der sie verletzt hatte, kurz bevor sie Dieter kennenlernte. Egal – sie mochte jetzt nicht daran denken.

Und Thomas? Vermutlich war es keine gute Idee, sich von einer Beziehung gleich in die nächste zu stürzen, aber sie konnte ihn ja nicht auch noch verlassen. Das war irgendwie unfair, und dazu fand sie ihn auch zu süß. Sie musste ihn schließlich nicht gleich heiraten. Dass sie im gleichen Haus lebten, war erst einmal genug. Enger musste die Beziehung nicht sein. Sabine fühlte einen Gedanken in sich keimen, der ihr nicht gefiel, sich aber nicht einfach wegwischen ließ. Was, wenn sie Thomas nur als Sprungbrett benutzte, um von Dieter wegzukommen? Müsste sie ihm dann nicht bald den Laufpass geben? War das in Ordnung? Musste sie oder würde sie? Und würden ihre Freundinnen sagen, dass sie sich dann doch gar nicht von ihrem Mann hätte trennen müssen, wenn sie den Trennungsgrund so bald wieder abschoss?

Sie war zwischenzeitlich geschminkt, angezogen und frisiert. Ein letztes Mal prüfte sie ihr Äußeres im Spiegel. Heute gefiel sie sich nicht, heute gefiel sie sich gar nicht.

XXXIII

Thomas erwachte langsam. Er tastete im Bett nach Sabine, aber sie war bereits gegangen. Er fühlte sich noch ganz benommen und konnte für einen Moment nicht sagen, ob es morgens oder abends war. Kaum schloss er die Augen wieder, hatte er diese Kurve vor Augen und spürte erneut diesen Schmerz in den Rippen. Schneller als ihm lieb war, war er wieder da. Thomas stand auf und trank ein Glas Wasser. Das Gefühl, Sabine würde ihm bald allein gehören, ergriff ihn und wurde so groß, so unermesslich groß, dass er gar nicht wusste, wohin mit dem Gefühl, ja, dass er sich am liebsten auf die Straße gestellt und es herausgeschrien hätte, damit jeder davon wusste und jeder dieses ungeheure Glück mit ihm teilen konnte.

Er brauchte Musik! Das war jetzt genau das, was er brauchte, und deswegen legte er eine CD von Metallica ein. Er drehte die Anlage auf, aber richtig, so richtig richtig, und als er die schnellen harten Riffs hörte, da hielt es ihn nicht lange, da war es, als hätte er selbst diese weiße Gibson Les Paul in der Hand und die Saiten gehorchten allein seinem Befehl, und er jagte durch das Zimmer und spielte die Gitarre, und er und die Musik von Metallica und seine Liebe zu Sabine und der dämmernde Sommerabend wurden irgendwie eins.

Beinahe hätte er das Klingeln nicht gehört, dabei läutete es Sturm. Sicher Sabine, die sich von ihm verabschieden wollte, dachte er. Er drehte die Musik leise und ging, in Unterhose und T-Shirt wie er war, zur Tür, ein Lachen im erhitzten Gesicht voller Erwartung und Liebe, und im ersten Moment sah er gar nicht, wer da vor ihm stand im halbdunklen Flur, ahnte nur, das konnte nicht Sabine sein, sondern jemand anderes, und als er dann den Baseballschläger sah, da wurde ihm angst, und doch hoffte er für einen Augenblick, es könnte vielleicht trotzdem alles noch gut werden.

XXXIV

Frank bestellte noch ein Bier und sah jetzt zum zweiten Mal auf die Uhr. Es war halb neun. Dass Thomas es nicht immer so mit der Pünktlichkeit hatte, war er gewohnt. Er fand das unter Kumpels auch in Ordnung. Auf eine Viertelstunde mehr oder weniger kam es nicht an. Aber jetzt wartete er schon eine halbe Stunde auf seinen Freund, und das war doch ganz schön lang. Er beschloss, Thomas anzurufen, und zückte sein Handy. Erst versuchte er es auf seiner Festnetznummer, dann auf der Mobilnummer. Aber Thomas ging nicht ran. Beide Male meldete sich stattdessen eine Mailbox, und beide Male hinterließ Frank die Nachricht, dass er jetzt schon eine halbe Stunde beim alten Willy auf ihn warte und Thomas ein ziemlicher Penner sei. Das mit dem ›Penner‹ war natürlich rein freundschaftlich gemeint, und Thomas würde das auch nicht missverstehen, aber dass es blöd war, einen Freund so lange warten zu lassen, das sollte Thomas schon wissen.

Was war bloß mit dem Kerl los?, dachte Frank und nahm einen Schluck. War anders geworden in letzter Zeit, einen Moment verstockt und bedrückt, den anderen fröhlich und aufgedreht, das Ganze wechselnd und ohne jeden Grund. Sprach auch nicht darüber, wie es ihm so ging, dabei waren sie doch Kumpels, wirklich gute Kumpels!

Heute Vormittag zum Beispiel. Da hatte Frank genau gemerkt, dass mit Thomas irgendwas nicht stimmte, aber der bekam die Zähne einfach nicht auseinander. Frank schüttelte den Kopf. Beim besten Willen konnte er das nicht verstehen.

»Noch'n Bier?«, fragte der alte Willy, der Frank gegenüber am Zapfhahn stand.

»Klar«, antwortete Frank, sein Glas war nämlich fast schon wieder leer, und er hatte die Maschine eigens zu Hause stehen lassen, weil er sich heute Abend einen kleinen gepflegten Rausch ansaufen wollte.

»Thomas kommt heute wohl nicht mehr«, sagte Willy und stellte Frank das frisch gezapfte Pils hin.

»Sieht ganz so aus«, antwortete Frank, »sieht ganz so aus.«

»Sieht ihm eigentlich nicht ähnlich«, meinte Willy, drehte sich aber gleich um, um sich ein paar neuen Gästen zu widmen, die gerade erst hereingekommen waren. Sonst hätte Frank ihn fragen können, ob er nicht auch fand, dass Thomas sich verändert hatte in letzter Zeit. Frank sah Willy nach. Hinten auf dessen T-Shirt stand: ›Ich bin der Bringer‹. Der Spruch gefiel ihm.

Wenn er sein Motorrad dabeigehabt hätte, dann wäre er jetzt schnell bei Thomas vorbeigefahren, um ihn zu suchen. Er hatte kein gutes Gefühl irgendwie. Aber vom Alten Willy bis zu Thomas war es doch ein ganzes Stück, und wenn Thomas nicht ans Telefon ging, sprach ja auch eine ganze Menge dafür, dass er gar nicht daheim war.

Hatte die Verabredung wahrscheinlich vergessen, dachte Frank. Passierte, war scheiße, aber passierte.

XXXV

Als er ankam, dämmerte es. Er parkte nicht weit vom Haus entfernt und wartete eine Weile. Er sah sich um, sah in die Rückspiegel, sah in die Seitenspiegel. Die Straße war menschenleer. Niemand unterwegs, niemand auf dem Weg zur Kneipe, kein Spaziergänger mit Hund. Die Fenster der Nachbarhäuser erhellte der flimmernde Schein der Fernseher. Das war gut. In seiner Wohnung brannte kein Licht. Es war Mittwochabend und ihm fiel ein, dass Sabine mittwochs immer zu irgend so einem bescheuerten Kurs nach Freiburg fuhr. Auch das war gut. In der unteren Wohnung dagegen brannte Licht. Das war das Beste.

Vorsichtig stieg er aus. Er zog die Kapuze seiner Joggingjacke über den Kopf und sah sich erneut um. Immer noch niemand. Wenn man das Richtige tut, dann läuft es auch, dachte er. Er nahm die Sporttasche aus dem Kofferraum und warf sie sich über die Schulter. Zehn, 20 Meter bis zur Haustür, die er mit seinem Schlüssel leise öffnete. Er sah sich noch einmal um – niemand zu sehen … Aber in dem Moment, als er die Tür nur einen Spalt weit öffnete, war doch jemand zu hören. Aus der Wohnung dieses Pissers kam Musik, irgend so ein Heavy-Metal-Scheiß. Wie oft hatte er dem Arsch schon gesagt, er soll die Musik nicht so laut machen? Wie oft?

Zehnmal, hundertmal? Man wurde ja ganz kirre von dieser Scheißmusik. Diese Bässe, dieses Geschrei, diese verzerrten Gitarren. Er HASSTE verzerrte Gitarren! Aber das war doch auch wieder typisch, oder? Hält sich einfach nicht an die Regeln, dieser Pisser. Hört laut Musik, wie's ihm gerade passt, und fickt meine Alte, wie es ihm passt. Es gibt Typen, denen muss man die Regeln doch ein bisschen deutlicher vermitteln, nicht? Fickt meine Alte.

Er nahm den Baseballschläger aus der Tasche. Er hatte ihn eigentlich nur zur Sicherheit mitgenommen. Aber über diesen Punkt war er hinaus. Fickt meine Alte. Er klingelte an der Tür, einmal, zweimal, Dauerklingeln. Das Licht im Flur ging wieder aus, so lange musste er klingeln. Fickt MEINE Alte!!!

Die Musik wurde leiser, und »Ich komme, ich komme!« hörte er von drinnen rufen, mit einem extra freudigen Unterton, so als erwarte der Pisser vielleicht gerade Sabine, um es ihr zu besorgen. FICKT meine Alte. Die Tür ging auf. Und dann dieses Gesicht: unbezahlbar. Erst so ein Grinsen, so ein »Schön, dass du da bist«-Grinsen, und dann die Augen weit, ganz weit, und kein Grinsen mehr, sondern Angst und FICKT einfach meine Alte, und als er den Schläger sieht, hebt er die Hände, in so einer weinerlichen winselnden »Nein, nein, bitte nicht«-Art und macht einen Schritt zurück, und da geht er natürlich rein mit zwei schnellen Schritten und setzt den ersten Schlag, der kaum die Arme trifft, aber das Weichei legt natürlich die Hände über den Kopf, und da setzt er eben den zweiten Schlag genau auf die Scheißhände, die den Scheißkopf bedecken, und schon geht der kleine Wichser zu Boden, wo ihn gleich der nächste Schlag trifft, volle Kanne, und der nächste und der nächste und nächste – bis dieser Kopf und dieses Gesicht ziemlich vermatscht aussehen, so richtig ZOMBIE, und DER fickt meine Alte nicht mehr, denkt Holzer und spuckt aus, geradewegs in dieses scheiß vermatschte Zombiegesicht, und tritt zur Sicherheit noch zwei, dreimal nach, erst in den Magen und dann gegen die Brust, und er hört dabei, wie die Rippen krachen und denkt: Ja! noch mal! Das ist so GEIL!! Und tritt noch einmal nach und schlägt noch drei-, vier-, fünfmal mit dem Baseballschläger auf den vor ihm liegenden Körper und denkt: Das ist irre, das ist so irre, das kann man gar nicht beschreiben!

XXXVI

Während ihr Ehemann ihren Geliebten erschlug, hörte Sabine noch genauer als sonst zu, was der Dozent zu erzählen hatte. Sie war an sich immer eine aufmerksame Studentin; wie es der Zufall so wollte, ging es aber gerade heute um das Miteigentum an Immobilien, und das war ja genau ihr Thema. An sich mochte sie den Dozenten nicht, denn er war ein ziemlich eingebildeter Anwalt, der fortlaufend mit Erfolgen prahlte, die sie ihm nicht abnahm, und Wortspiele machte, die sie nicht lustig fand, aber heute wollte sie ihn nach dem Kurs doch noch ansprechen, um sich kurz zu erkundigen, wie sich das denn mit dem Miteigentum bei einer Scheidung verhielt, und deswegen sah sie ihn jetzt gerade in einem etwas milderen Licht.

Scheidung, das Wort mochte sie nicht. Es klang nach gescheitertem Leben, nach Gericht und Anwälten und nach viel, viel Geld, das man zum Fenster hinauswarf. War sie denn wirklich schon so weit? Konnte man das nicht irgendwie einfacher machen? Vielleicht konnten sie sich doch auch erst einmal trennen, auf Probe irgendwie. Yvonne, eine Freundin von ihr, hatte das einmal versucht und es, statt sich scheiden zu lassen, erst mit einer Paartherapie probiert, was ja auch viel billiger war. Und es hatte geholfen! Sie und ihr Heinz waren wieder ein Herz und eine Seele, sahen sich an, als wären sie gerade frisch verliebt. Dauernd! Es war kaum auszuhalten. Und wenn man Yvonne ausnahmsweise mal alleine traf, dann hieß es auch nur Heinz hier und Heinz da, als gäbe es nur diesen einen nach Sabines Meinung ziemlich bescheuerten, kahlköpfigen und übergewichtigen Heinz auf der Welt.

Vielleicht sollte sie Yvonne doch mal nach dem Namen dieses Therapeuten fragen? Der vollbrachte ja wahre Wunder. Oder er arbeitete mit Drogen.

Ja … aber was machte sie dann mit ihrem Thomas, überlegte sie weiter. »Gute Frage, Sabine«, sagte sie zu sich selbst, »gute Frage.« Was mache ich denn mit meinem Thomas? Man konnte es drehen und wenden, wie man wollte, das war doch alles ganz schön kniffelig.

XXXVII

Wenn es nicht völlig sinnlos gewesen wäre, hätte Holzer gerne ein bisschen weiter auf diesen Körper eingetreten. Es fühlte sich gut an zuzuschlagen, aber er sah ein, dass das Schwein nun toter war als tot und jeder weitere Tritt nur noch mehr Hirnmasse aus seinem Schädel heraustreiben und den Teppich weiter versauen würde, also ließ er es bleiben. Nicht dass es ihm um den Teppich gegangen wäre, aber ihn beschlich eine gewisse Ahnung, dass er Spuren vermeiden sollte. Er machte die Musik aus und stellte sich neben die Leiche, um die Züge seines ehemaligen Mieters in diesem vermatschten Gesicht zu suchen, aber er fand sie nicht wieder. Da habe ich doch ganze Arbeit geleistet!, dachte er stolz.

Während er sich allmählich beruhigte, wurde ihm klar, dass er noch nicht fertig war. Er konnte den Körper hier nicht einfach liegen lassen. Der musste verschwinden, sonst stank es in ein paar Tagen im ganzen Haus, von den Maden ganz zu schweigen. Um jetzt erst einmal in Ruhe nachzudenken, hätte er am liebsten eine Zigarette geraucht. Das hatte ihm früher immer sehr geholfen, aber erstens hatte er vor über einem Jahr mit dem Rauchen aufgehört, zweitens keine Fluppen dabei und drittens fanden sie in diesen amerikanischen Serien das DNA-Zeug, mit denen sie den Täter überführten, meistens an den herumliegenden Filterkippen. Das brachte ihn auf die Idee, ob er nicht vielleicht in Steffis Auto nach ein paar von den Dingern schauen sollte, um sie dann irgendwo in der Wohnung zu deponieren. Steffis Aschenbecher war voll. Aber er Verwarf den Gedanken gleich wieder. Brachte nichts. Wenn sie Steffi mit der Sache in Verbindung bringen würden, hätten sie ihn auch gleich am Arsch. Steffi war ja blöd, aber so blöd, ihn nicht zu verpfeifen, um seine Haut zu retten, war er auch wieder nicht.

Vielleicht sollte er einen Schnaps trinken, dachte er weiter. Das half ihm auch immer sehr gut beim Denken, aber dann gab es wieder dieses DNA-Problem am Glas oder am Flaschenhals …

Das Klingeln des Telefons riss ihn aus seinen Gedanken. Er hielt die Luft an und lauschte. Es läutete viermal, dann verstummte es wieder. Erst danach atmete er wieder aus. Er wollte schon weitermachen, als irgendwo ein Handy summte. Wieder hielt er den Atem an und blieb ganz still. Wovor habe ich denn Angst?, fragte er sich. Irgendjemand versucht anzurufen. Das war kein Problem, absolut kein Problem. Es gab keinen Grund zur Sorge.

Nachdem er sich beruhigt hatte, fiel ihm auf, dass der kleine Wichser auf einem dicken Teppich lag, der zwar ziemlich viel Blut und Hirn abbekommen, aber das Zeug eben auch aufgesaugt hatte. Es klebte also nicht am Boden, und er sah auch nichts an der Wand oder der Tür. Das war doch jetzt gerade wieder ziemlich super. Überhaupt, es lief doch wirklich alles richtig gut. Er musste den Teppich nur mitnehmen, dann war hier gleich wieder klar Schiff. Am besten, er wickelte die Leiche darin ein und fertig war die Laube. Was bin ich doch für ein geschicktes Kerlchen, dachte er, und schlug schon die kürzere Seite des Teppichs um den toten Körper wie der Metzger das Papier um die Wurst. Der Vergleich gefiel ihm, und er musste lachen. Ja, genau: wie der Metzger das Papier um die Wurst.

XXXVIII

Eigentlich war er gar nicht so unsympathisch, dachte Sabine und nippte an ihrem Wein. Gleich nach der Vorlesung hatte sie den Dozenten mit einem Lächeln angesprochen und nachgefragt, ob er wohl einen Augenblick Zeit hätte, es gehe um eine Freundin. Die wolle sich scheiden lassen, mache sich jetzt aber Sorgen wegen eines Hauses, das sie zusammen mit ihrem Mann besitze. Eigentlich bezahle die Freundin das gesamte Darlehen für das Haus ab, der Mann trage praktisch nichts bei. Deswegen hätte sie jetzt Angst, ob sie den Mann im Fall der Scheidung trotzdem irgendwie auszahlen müsste. Der Dozent hatte ihr ganz ruhig zugehört und geantwortet, das sei leider gar nicht so leicht zu beantworten, aber wenn sie ein wenig Zeit habe, dann könnten sie ja einen Schluck Wein trinken gehen. Um die Ecke gäbe es eine schöne Weinstube, und er könnte versuchen zu erklären, wie das in etwa läuft. Natürlich hatte Sabine unter diesen Umständen nicht ablehnen können, auch wenn sie befürchtete, dass der Dozent es vielleicht nicht bei einem Glas Wein bewenden lassen wollte, doch bisher benahm er sich tadellos, das konnte sie nicht anders sagen. Er hatte sehr genau nachgefragt, wie sich das mit den Vermögensverhältnissen ihrer vermeintlichen

Freundin verhielt, und sich dabei sogar ein paar Notizen gemacht. Dann erzählte er etwas über den ehelichen Güterstand der Zugewinngemeinschaft, darüber, wie der Vermögenszuwachs zwischen den Eheleuten bei einer Scheidung ausgeglichen werden solle und wie das Miteigentum erst einmal auf beiden Seiten berücksichtigt werden müsse …

Sabine begriff nicht alles, was er erzählte, verstand aber doch ziemlich bald, dass sie ein Problem hatte. Scheidung und Haus, das würde kein Spaß werden. Sie bereute, dass sie das Haus nicht gleich allein auf ihren Namen hatte schreiben lassen, und war froh, dass das Darlehen doch noch ziemlich hoch war. Es war ein Mitarbeiterdarlehen ihrer Bank, und Dieter würde es sicher nicht übernehmen wollen. Vielleicht würde er auf seinen Miteigentumsanteil verzichten, wenn sie dafür sorgte, dass die Bank ihn aus dem Darlehen entließ? All diese Fragen gingen ihr durch den Kopf, während sie dem Anwalt zuhörte, der ihr zum Schluss netterweise anbot, die Freundin einmal kostenlos zu beraten, damit er ihr unmittelbar erklären könne, welche Schritte jetzt zu unternehmen seien.

»Oh, das ist aber nett«, antwortete Sabine und lächelte ihn an, »ich wusste gar nicht, dass Anwälte so hilfsbereit sein können.«

»Anwälte im Allgemeinen vielleicht nicht«, antwortete der Dozent, »aber ich manchmal schon, vor allem wenn es um Freunde meiner besten Studentin geht.«

»Aber nein, jetzt übertreiben Sie«, sagte Sabine in falscher Bescheidenheit und wurde rot dabei, so sehr schmeichelte ihr dieses Kompliment. Seine beste Studentin, seine BESTE Studentin, jubilierte sie innerlich und hätte ihn am liebsten geküsst für die Bemerkung.

Der Abend wurde ein bisschen länger. Man kam ins Reden über dies und das und Sabine fand zunehmend, dass der Dozent ein netter Kerl war. Also, nicht in dem Sinne nett, nicht als Mann. Dazu fand sie ihn zu weich irgendwie. Aber wie er ihr vom Theater erzählte, das er offenbar sehr liebte, und von seinem Beruf, der ihn erfüllte, gefiel ihr doch. Er war anders als die Männer vom Dorf, die sie so kannte, anders als ihr Mann – oder sollte sie sagen Exmann? – und anders, sie musste es sich eingestehen, anders auch als Thomas. Er hatte irgendwie mehr Schliff. Aber würde so einer sich für eine Frau wie sie interessieren? Sie verstand ja auch nichts vom Theater … Gut, immerhin war sie schon einmal in einem Musical gewesen, im Phantom der Oper, in Hamburg. Das hatte ihr wirklich gut gefallen. Die Musik und die tollen Kostüme! Aber der Dozent war nicht weiter darauf eingegangen, als sie es erwähnte. Sie meinte sogar, in seinem Gesicht für einen winzigen Augenblick so etwas wie Missbilligung gesehen zu haben. Deswegen sagte sie nichts weiter dazu und hörte lieber zu, wie er von der Freiburger Theaterszene sprach und dabei erwähnte, dass er selbst wohl schon die eine oder andere Rolle gespielt hatte. Die Namen der Stücke, die er fallen ließ, sagten ihr nichts, aber das ließ sie sich nicht anmerken. Die Vorstellung, dass ein erwachsener Mann kostümiert auf einer Bühne stehen könnte, kam ihr allerdings wieder eher albern vor. Dafür ergriff sie die Gelegenheit, etwas herauszubekommen, das sie schon den ganzen

Abend über beschäftigte, und fragte ihn, was denn seine Frau dazu sagen würde, wenn er so auf einer Bühne steht. »Oh, nichts, nichts«, antwortete der Dozent und sah auf den Tisch, »ich bin nicht verheiratet ... will sagen, nicht mehr ...«, und dabei lächelte er sehr traurig und bekam so einen Hundeblick, aus dem Sabine schloss, dass es die Frau gewesen war, die den Dozenten verlassen hatte, und nicht etwa umgekehrt, was sie wiederum sehr, sehr unmännlich fand. Vermutlich war er seiner Frau auch einfach zu weich und zu weibisch gewesen, dachte Sabine. Das konnte sie verstehen.

Dazu passte es auch, dass er später gar nicht versuchte, ihr irgendwie näherzukommen. Er brachte sie zu ihrem Auto, was Sabine schon irgendwie galant fand, ein wenig wie im Fernsehen, dort reichte er ihr allerdings nur die Hand und verabschiedete sich. Kein tiefer Blick, kein Küsschen links ... Sabine war irritiert. Wäre er nicht schon einmal verheiratet gewesen, hätte Sabine gewettet, dass er schwul war, was auch diese Geschichte mit dem Theater und den Kostümen gut erklären würde. Aber in diesem Fall hätte er wohl kaum geheiratet, oder? Oder war er erst in der Ehe schwul geworden und die Frau hatte ihn deswegen verlassen? Aber dann würde er wohl nicht so traurig gucken, oder?

Egal, das Problem beschäftigte sie nicht lange. Die Sache mit dem Haus war viel wichtiger. Da musste sie sehr, sehr geschickt sein. Auf der Fahrt stellte sie sich vor, wie sie ihrem zukünftigen Ex vorschlagen würde, die restlichen Schulden der Immobilie zu übernehmen, wenn er dafür auf seine Miteigentumshälfte verzichtete, und war dabei so in Gedanken, dass ihr der alte

Opel Kadett in der Hofeinfahrt kaum auffiel, obwohl er doch ziemlich nah an der Haustür parkte und sogar die Heckklappe offen stand. Wenn sie sich überhaupt etwas dabei dachte, dann vermutete sie höchstens, dass Thomas noch Besuch von irgendeinem seiner Kumpel hatte, der entweder etwas vorbeibrachte oder etwas abholte. Das kam immer wieder vor. Trotzdem zögerte sie vor der Wohnungstür und überlegte kurz, noch bei ihrem Geliebten zu klopfen.

XXXIX

Nachdem Holzer den toten Körper seines Nachbarn in den Teppich gewickelt und zunächst in den kleinen Flur gezogen hatte, der zur Wohnungstür führte, wischte er das gesamte Wohnzimmer gründlich auf. So ein Dienst bei der Bundeswehr hatte ja doch etwas, überlegte er, während er den Wischmopp seines Nachbarn in regelmäßigen Bahnen über den Boden zog. Man lernte doch viel, was man so im Leben brauchte: Putzen, Bügeln, Nähen, und wenn man es nur nutzte, um ein bisschen Blut und Gehirnmasse aufzuwischen, die irgendwie auf den Boden gekommen sein konnten. Sollte er mal den Füchsen sagen, wenn er ihre Buden inspizierte und noch Dreck fand. »Putzen Sie gründlich, Mann! Stellen Sie sich vor, Sie lassen eine Leiche verschwinden!« Okay, so war es jetzt kein Brüller, aber sicher konnte man den Witz noch ausbauen.

Die Frage, wie er nachher unbemerkt den Leichnam in den Kadett tragen sollte, bereitete ihm allerdings Kopfzerbrechen. Da es in diesem Haus weder einen Aufzug noch eine Tiefgarage gab, blieb ihm nichts anderes übrig, als den Teppich mit der Leiche entweder über den Hof zu tragen und sich dabei einen Bruch zu heben, oder den Kadett rückwärts bis unmittelbar an die Haustür zu fahren, um das Paket dann gleich an der Tür hineinzuwuchten. Was war da wohl geschickter? In beiden Fällen konnte er gesehen werden, keine Frage, und wenn jemand sah, dass eine dunkle Gestalt einfach in das Haus spazierte, ohne zu klingeln oder zu klopfen, würden sie sich gleich denken, dass er das war – oder eben Thomas. Es hatte schließlich nicht jeder einen Schlüssel für die Bude. Möglichst wenig Licht zu machen, wäre sicher eine Option …

Nach einer Weile entschied sich Holzer dafür, den Kadett in den Hof zu fahren. Das schien ihm am Ende die sicherste Variante. Vorsichtig öffnete er die Wohnungstür und spähte hinaus. Der Hausflur lag im Dunkeln, alles war still. Offenbar war Sabine noch nicht zurückgekehrt; dabei war es schon reichlich spät. Die nahm sich ja einiges heraus, wenn er nicht da war. Aber damit war demnächst Schluss, das würde sie schon sehen. Ebenso vorsichtig, wie er die Wohnungstür geöffnet hatte, öffnete er die Haustür. Keine Menschenseele – weder auf dem Hof noch auf der Straße. Er zog die Kapuze wieder über den Kopf, hielt sich im Schatten der Büsche und Bäume und ging schnell zum Auto. Ein Blick die Straße hinauf, ein Blick die Straße hinunter: niemand weit und breit. Jetzt schnell in den Wagen, kurz an der Hofeinfahrt vorbei und dann rückwärts bis zur Tür stoßen. Schon gemacht. Er schaltete das Innenlicht aus, stieg aus und ging um den Kadett herum, um die Heckklappe zu öffnen. Plötzlich ein Geräusch. Ein Geräusch, das er gut kannte. Sabines Golf bog um die Ecke. Ausgerechnet jetzt! Und ausgerechnet sie! Abzuhauen war ausgeschlossen. Ihm blieb nur der Weg zurück ins Haus, zurück in die Wohnung. Er schloss die Haustür hinter sich, als Sabine den Golf parkte, verschwand in der Wohnung, als sie ausstieg, und lauschte auf ihre Schritte, die über den Hof klangen. Natürlich würde sie den Kadett sehen … Hoffentlich merkte sie sich das Nummernschild nicht. Aber warum sollte sie? Scheiße, vielleicht weil ein alter Kadett Kombi, der nachts mit offenem Kofferraum vor dem Haus stand, doch irgendwie verdächtig war?

Sein Herz schlug bis zum Hals und der Schweiß trat ihm auf die Stirn. Hoffentlich tropft der jetzt nicht auf den Boden, dachte er, da finden sie doch auch diesen DNA-Scheiß … Er hörte, wie die Haustür geöffnet und wieder geschlossen wurde. Zwei Schritte im Gang, dann ein kurzes Zögern in der Bewegung, als überlegte sie, gleich nach oben zu gehen oder doch noch bei ihrem Liebhaber reinzuschauen. Und genau in diesem Augenblick war ihm klar, dass er sie ohne zu zögern totschlagen würde, sofern sie jetzt an die Tür kam. Egal ob sie klopfte, klingelte oder vielleicht sogar aufschloss, weil sie einen Schlüssel zu diesem Liebesnest hatte. Er würde sie an ihren langen rotblonden Haaren packen, in die Wohnung zerren und totschlagen, wie er vorhin diesen kleinen Wichser totgeschlagen hatte, und es würde ihm guttun! Sie hatte ihn BETROGEN, die SCHLAMPE hatte ihn betrogen, IHN betrogen. Langsam legte er die Hand an die Türklinke. Nur ein kleines Zeichen, nur eine Bewegung, die verriet, dass sie hereinkommen wollte, und er würde die Tür aufreißen und zuschlagen. Er würde es ihr heimzahlen, jetzt, heute und hier.

Er war beinahe enttäuscht, als er hörte, wie sie nach oben ging.

XL

Frank hatte ein wenig Mühe, das Gleichgewicht zu halten. Er war seinem Vorsatz, sich zu betrinken, treu geblieben, aber es hatte ihn nicht glücklich gemacht. Was ein gepflegtes Gelage unter Männern hätte werden sollen, hatte es dann doch nur zu einem einsamen Besäufnis gebracht. Irgendwann hatte er die Gläser nicht mehr zählen können, die Willy ihm hinstellte. Ein Mann alleine an der Theke. Es gab nicht viel, was er so hasste!

Frank zögerte. Er sah auf sein Handy, Thomas hatte nicht zurückgerufen. Entweder er war ein ganz falscher Fünfziger, der sich nur mit ihm abgab, wenn er etwas für seine Maschine brauchte, oder da war etwas faul, oberfaul.

Er dachte nach. Er kannte Thomas jetzt schon – wie lange? Vier, fünf Jahre – unendlich lange, nach seinem Empfinden, und da war es nicht immer nur um die Maschine gegangen, oder? Und Thomas hatte ihm doch auch schon den ein oder anderen Gefallen getan, oder? Beim Umzug geholfen, die Wohnung mit ihm gestrichen. Er war also kein falscher Fünfziger. Dann blieb nur die zweite Möglichkeit: Es war etwas faul – oberfaul.

»Oberfaul!«, sagte Frank und hickste leicht. Er rief Thomas noch einmal an. Wieder nur die Mailbox, schwerzüngig sprach er etwas darauf, aber was es war, hätte er im nächsten Moment schon nicht mehr sagen können. Er war traurig. Er fühlte sich verlassen. Kein Freund weit und breit. Er hätte heulen mögen und sah in den Himmel. Die Sterne drehten sich und beinahe hätte es ihn umgehauen. Meine Fresse! So viel hatte er wirklich lange nicht mehr getankt!, dachte er. Vielleicht sollte er doch zu Thomas rauslaufen und nach dem Rechten sehen? So ein langer Spaziergang würde ihm guttun. Wenn er sich jetzt aufs Ohr legte, müsste er doch nur kotzen … Also gut, sagte er sich, Spaziergang war angesagt. Mal sehen, jetzt nach links, dachte er, und machte sich auf den Weg. Langsam, Schritt für Schritt.

Frank musste durch die Innenstadt und kam an der Sparkasse vorbei, wo es ihn noch einmal fast der Länge nach hingelegt hätte. Bisher tat ihm der Spaziergang leider gar nicht gut. Sein leicht beschleunigter Herzschlag pumpte den Alkohol nur schneller in sein Gehirn, und er fühlte sich noch betrunkener als vorhin. Er setzte sich auf ein Mäuerchen und wiegte den Schädel in den Händen. Er musste langsam machen, sagte er sich, einfach langsam. Wenn er die Augen schloss, drehte sich alles, und es wurde ihm schlecht. Daher gab er sich größte Mühe, sie offen zu halten und an irgendetwas anderes zu denken, an irgendetwas, was vor ihm lag oder hinter ihm, irgendetwas Einfaches, damit das Denken die Übelkeit in Schach hielt. Und so dachte er irgendwann an die Sparkasse, die sich da neben ihm befand. Die Sparkasse. Genau! Nicht seine Bank, aber egal. Er war bei der Volksbank, immer schon. Sparkasse … Arbeitete da nicht Thomas' Vermieterin? Ja, genau. Und wie hieß die noch? Sa-dings … Sabine, genau. Sah gut aus,

Sa-dings, hübsches Ding. Aber nichts für ihn. Nicht sein Fall, so eine Geschäftstussi. Die konnte man nicht einfach so hinten auf die Maschine laden und dann ab in die Vogesen. Die wollte es gediegener. Mercedes und so. Einladung zum Essen. Aber hübsch war sie schon, geiler Arsch … Das musste er zugeben.

XLI

Es war eine ungewöhnlich schöne Nacht. Keine Wolke trübte den Blick auf das wilde Sternenmeer, sogar der majestätische Bogen der Milchstraße war zu sehen. Ein milder Wind wehte von Süden her und trug die Verheißungen und den Duft des Sommers mit sich. Und Stille, unendliche Stille.

Sabine stand am offenen Fenster und sah hinaus. Sosehr sie sich vor den nächsten Tagen fürchtete, so sicher war sie, dass das, was sie nun zu tun hatte, unausweichlich und unausweichlich richtig war. Sie wusste, nach den Tränen, nach den Vorwürfen und nach dem Streit würde es noch viele schöne Abende und Nächte in ihrem Leben geben. Sie lagen vor ihr, sie musste nur auf sie warten. Sie würden zu ihr kommen, ganz von allein. Sie sah sich vor ihrem Haus auf der Terrasse sitzen, ein Glas Winzersekt in der Hand, einen milden Sommer genießen … Sie sah sich mit Freundinnen ausgehen, sah sich auf dem Weg in den Urlaub … Sah sich alleine und frei. Thomas sah sie dabei nicht, sie wusste nicht warum.

Auch Holzer sah hinaus. Er stand hinter dem geschlossenen Fenster der Ostterrasse im Dunkeln. Er hatte nicht viel Sinn für die Schönheit dieser Nacht, aber ein wenig offenbarte sie sich selbst ihm. Die Nacht war eine Verbündete, eine verschwiegene Zeugin seiner Tat, die sein Leben fortan in ein Vorher und Nachher teilen würde, in ein ›Als ich mir noch alles gefallen lassen habe‹ und ein ›Nachdem ich mir nichts mehr habe gefallen lassen‹. Dass Sabine aufgetaucht war, war nicht günstig, störte ihn aber nicht weiter. Er würde nur ein wenig warten müssen, bis sie zu Bett gegangen und eingeschlafen war, und das würde sicher schon bald sein. Sie musste morgen zur Arbeit und ging für gewöhnlich früh zu Bett, schlief ruhig und tief und würde ihn nicht hören, wenn er das Päckchen hinaustragen und verschwinden lassen würde. Es musste nur alles ganz ruhig und ganz leise sein, das war sehr wichtig. Plötzlich kam ihm sein Handy in den Sinn. Es war zwar nicht wahrscheinlich, dass jemand ihn noch um diese Zeit anrief. Aber sicher war sicher, und daher schaltete er es aus.

Der Bauer sah nicht hinaus. Er lag schlaflos in seinem alten kalten Ehebett und dachte an seinen toten Sohn. Der Junge spazierte durch seine Gedanken wie die Projektion eines Kamerabildes, dessen einziger Akteur stets nur er selbst war. Er sah ihn als Kind auf seiner Schaukel, als Jugendlichen auf seinem Rad und als jungen Mann mit dem Motorrad. Er seufzte. Das Liebste hatte man ihm genommen.

Auch die Müller sah nicht hinaus. Sie gönnte sich noch einen Likör vor dem Schlafengehen und freute sich auf ihr großes Bett, in dem niemand auf sie wartete, dessen nächtliches Schnarchen ihren Schlaf und dessen Darmaktivitäten ihre Nase stören würde. Rein körperlich, das wusste sie, vermisste sie ihren Mann nicht und hatte ihn auch nie vermisst. Wäre er gestorben oder in ein Kloster gegangen, sie hätte bald schon ihren Frieden mit seiner Abwesenheit gemacht. Aber dass er jetzt glücklich war ohne sie, das, nein, das würde sie ihm nie verzeihen, nie!

Der Revisor lag neben seiner Frau und dachte an Sabine. Die Kleine hatte ihm ausnehmend gut gefallen. Und sie schien nicht abgeneigt. Hatte einen flinken Kopf und begriff schnell, wo es langging, begriff, dass es ihr nur nutzen würde, wenn sie ein wenig nett zu ihm war. Er mochte solche Frauen, zum Glück gab es einige davon. Er war ja kein Adonis, aber auf diesem Weg hatte sich schon das ein oder andere Abenteuer ergeben. Im Krieg hat jeder seine Waffen, seine Position war die seine. Er seufzte. Die Gedanken an die kleine Provinzschönheit gefielen und erregten ihn, aber im Traum wäre er nicht auf die Idee gekommen, sich jetzt seiner Frau zu nähern, die neben ihm lag und zu schlafen vorgab. Ein Kaktus war liebevoll im Verhältnis zu ihr, dachte er und schloss seufzend die Augen.

Der Anwalt lag allein. Er unterrichtete die Bankmädels gern. Sie befriedigten seinen schauspielerischen Ehrgeiz, waren klug, aber nicht zu klug, auf eine praktische Art wissbegierig und folgten seinem Unterricht aufmerksam und dankbar. Er war sicher, er gefiel ihnen, und das wiederum gefiel ihm. Außerdem kamen immer wieder Mandate auf diesem Weg in die Kanzlei. Da machte es auch nichts aus, dass er dabei den ein oder anderen kostenlosen Rechtsrat erteilen musste wie heute Abend. Das war eine Investition, nichts anderes.

Frank saß vor der Sparkasse und kämpfte gegen die Übelkeit, die in immer kürzeren Abständen in ihm aufstieg. Sie stieß vom Magen über die Speiseröhre in den Hals und ließ sich nur unterdrücken, indem er immer wieder Luft holte. Tief in sich wusste er, dass dieser Kampf nicht zu gewinnen war, und er sich früher oder später übergeben würde, aber noch war er zum Aufgeben nicht bereit. In der vagen Hoffnung, das Gehen würde ihm guttun, stand er wieder auf und mühte sich langsam weiter, Schritt für Schritt, zu seinem Freund.

XLII

Es war nach Mitternacht, als Holzer die Haustür öffnete und in den Hof späte. Der Wind hatte sich gelegt, am Himmel schien eine nur fahle Mondsichel in schwachem Licht. Die Nacht meinte es noch immer gut mit ihm. In der oberen Wohnung war es dunkel. Sabine war gewiss schon im Bett, und auch in den Nachbarhäusern waren Lampen und Fernseher erloschen. Der Kadett stand nur wenige Meter vor ihm, die Heckklappe immer noch geöffnet.

Zuerst verstaute Holzer seine Sporttasche mit dem Baseballschläger, dann – er hatte sich noch einmal vergewissert, dass niemand mehr auf der Straße war – wuchtete er das Paket von der Wohnung in den Kofferraum. Das Ding war schwer, aber Holzer hatte noch genug Zorn in sich, um all seine Kräfte zu mobilisieren und es sicher zu verstauen. Lautlos schloss er die Kofferraumtür, schlich noch einmal in die Wohnung zurück, sah nach, ob er nichts vergessen oder übersehen hatte, löschte die Lampen, ging hinaus und startete den Wagen. Er fuhr davon, so leise er konnte. Die Scheinwerfer machte er erst in der nächsten Querstraße an. Im Rückspiegel sah er eine einsame Gestalt, die sich Hilfe suchend an einer Laterne festhielt; ein Betrunkener, der ihn sicher nicht gesehen hatte.

Nach einer halben Stunde bog er ab in den Wald. Er kannte ihn gut. Nur wenige Kilometer weiter lag ein alter aufgelassener Steinbruch. Kurz davor vergrub er im Lichtkegel der Scheinwerfer Teppich samt Inhalt im weichen Erdreich. Den Spaten dafür fand er in Steffis Kofferraum; wieder so ein Glück. Die Arbeit ging ihm leicht von der Hand. Das Grab bedeckte er mit trockenen Fichtenzweigen. Mit bloßem Auge würde es niemandem auffallen. Ohnehin war hier nie jemand unterwegs. Die Ameisen, Würmer und Käfer würden den Rest für ihn erledigen, Müllmänner des Waldes, wie sein alter Grundschullehrer sie genannt hatte. Müllmänner, ha!, dachte er. Dann war das doch genau der richtige Job für sie!

Als er fertig war, wischte er sich den Schweiß von der Stirn und sah nach oben. Über den Wipfeln leuchteten die Sterne. Ihr Anblick machte ihn glücklich, glücklich wie nie zuvor. Er wusste, von heute an war er ein anderer, und ihm gefiel, wer und was er geworden war.

XLIII

Als Sabine am anderen Morgen erwachte, fühlte sie sich befreit. Selten stand sie so heiter auf, selten sah sie ihrem Leben so zuversichtlich entgegen. Sie duschte und frühstückte, zog sich etwas Hübsches an und machte sich auf den Weg zur Bank. Heute würde sie es noch einmal mit diesem Revisor zu tun bekommen, aber den hatte sie im Griff, der bereitete ihre keine Sorgen mehr.

Als sie an Thomas' Wohnungstür vorbeikam, zögerte sie kurz. Sollte sie klingeln und ihm einen Kuss zum Aufwachen geben oder wollte sie diesen freien Morgen lieber ohne ihn genießen? Er war so besitzergreifend geworden in letzter Zeit … Das würde sich noch ändern müssen. Sabine entschied sich gegen den Kuss und für die Freiheit.

Als sie in den Hof trat, hätte sie beinahe aufgeschrien. Irgend so ein Kerl hatte sich auf die alte Gartenbank gelegt, die neben der Garage stand, und schlief. Sein Schnarchen dröhnte so laut, dass es über die ganze Straße zu hören sein musste. Ein Penner war es nicht, das wusste sie. Sie hatte den Typen schon das ein oder andere Mal mit Thomas gesehen. Es war einer seiner Motorradkumpels. Was die gestern wohl wieder angestellt hatten? Sie beschloss, dem Guten seine Ruhe zu lassen. Sollte er doch weiterschlafen. Männer eben …

Sabines Tag verlief ganz und gar wunderbar, gerade so, wie er sich angekündigt hatte. Sie ging mit dem Revisor noch einige problematische Kredite durch, lächelte ihn bei jeder Gelegenheit breit und bewundernd an und zierte sich nicht, ihn in den Ausschnitt sehen zu lassen. Seiner Einladung zu einem kleinen Abendessen entging sie geschickt mit einem Hinweis auf die gestern verunglückte Schwester, der sie in nächster Zeit helfen musste, und dem Versprechen, sich zu melden, sobald diese familiäre Pflicht erledigt wäre. Dass Thomas heute nicht wieder vor der Bank auftauchte, empfand sie als beruhigend, dass er ihr den ganzen Tag aber noch nicht einmal eine SMS schrieb, kränkte sie beinahe. Er war ja wohl nicht eingeschnappt, nur weil sie sich heute Morgen einmal nicht bei ihm gemeldet hatte, oder?

In der Mittagspause überlegte sie kurz, ob sie ihn wohl ihrerseits anrufen sollte, verwarf die Idee aber wieder. Wenn er ihr heute mal ein wenig Luft ließ, dann sollte sie es auch so hinnehmen. Sie konnte sich ja schlecht darüber beschweren, dass er zu besitzergreifend war, um ihm dann sofort hinterherzutelefonieren, nur weil er sich mal zwei Stunden nicht meldete. Fand Sabine.

Als sie abends nach Hause kam, klingelte sie aber doch noch bei ihm. Sie hielt dieses Schweigen einfach nicht gut aus. Von Thomas ignoriert zu werden, kannte sie nicht, und sie mochte es auch nicht. Sie wollte ihm einfach erzählen, wie ihr Tag war, von der Revision sprechen (sie musste ja keine Details nennen) und von der Müller, die heute den ganzen Tag scheißfreundlich zu ihr gewesen war. Außerdem hatte sie Lust, Thomas ein wenig zu küssen und … na ja – an dieser Stelle blendete sie ihre Gedanken aus wie eine Liebesszene in einem Film der 50er. Also klingelte sie, aber Thomas öffnete nicht. Sie sah auf die Uhr. Es war knapp fünf. Vielleicht arbeitete er noch? Er hatte zwar normalerweise gegen halb fünf Schluss, aber es kam schon vor, dass er Überstunden machen musste. Also ging Sabine nach oben, um ihren Einkauf zu verstauen und sich umzuziehen. Das dauerte eine knappe halbe Stunde, eher weniger. Danach rief sie Thomas an. Zuerst auf dem Handy, dann auf dem Festnetz. Aber außer der Mailbox nichts. Sie hinterließ eine Nachricht und ging unentschlossen durch ihre Wohnung: auf und ab, auf und ab. Was sollte sie jetzt tun? Warten, bis Thomas sich meldete? Das würde sie nur nervös machen. Außerdem tat es den Männern nach ihrer Erfahrung gar nicht gut, wenn man auf sie wartete. Da dachten die bloß, sie bekämen Oberwasser … also – fand zumindest Sabine.

Sie sah hinaus. Es war noch hell und der Abend so schön wie gestern. Ein wenig Sport würde sie ablenken, ja, ein wenig Sport wäre jetzt genau das Richtige für sie. Also rief sie ihre beste Tennisfreundin an und verabredete sich mit ihr in einer halben Stunde auf dem Platz. Wie Sabine erwartet hatte, sagte Bärbel sofort zu.

Die beiden spielten bis acht, dann tranken sie noch etwas im Vereinsheim. Er war halb elf, als Sabine nach Hause kam. Schon von Weitem sah sie, dass in Thomas' Wohnung kein Licht brannte. Trotzdem klingelte sie bei ihm. Wartete, klingelte ein zweites Mal, nur für den Fall, dass er vielleicht schon schlief, und klingelte schließlich ein drittes und ein letztes Mal. Die Wohnung blieb still, niemand trat an die Tür, niemand rief etwas. Sabine fühlte eine eigentümliche Unruhe in sich aufsteigen, die irgendwo zwischen Sorge und Kränkung schwankte. Konnte Thomas etwas passiert sein? Aber nein! Was sollte ihm denn passiert sein! Das Motorrad war Schrott, damit konnte er nicht fahren, und ansonsten geschah hier nichts, gar nichts.

Aber wieso meldete er sich dann nicht? Ja, dachte sie, wieso meldete er sich dann nicht?

Sie ging nach oben, warf ihre Tennissachen in die Waschmaschine und überlegte, ob sie sich vielleicht noch ein Glas Sekt gönnen sollte. Dass Thomas einen ganzen Tag lang nichts von sich hören ließ und auch auf ihre Anrufe nicht reagierte, war noch nie vorgekommen. Wen könnte sie jetzt bloß anrufen, um sich nach ihm zu erkundigen? Es fiel ihr niemand ein. Thomas und Sabine hatten zwar einige gemeinsame Bekannte im Dorf, aber wenn sie jetzt einen von ihnen anrufen würde, um zu fragen, ob er wohl wisse, wo Thomas sei, dann könnte sie sich ebenso gut mit einem Megafon auf den Marktplatz stellen und herausbrüllen, dass sie ein Verhältnis mit ihm hatte. Wie stand es denn mit Thomas' Verwandten? Sie erinnerte sich an eine Schwester, die allerdings irgendwo im Norden lebte, und an einen Vater, über den Thomas nicht so gerne sprach. Den hätte sie theoretisch anrufen können, aber sie hatte seine Nummer nicht, und die Familie hatte einen Allerweltsnamen. Wie viele Schäfers würde es in den benachbarten Kaiserstuhlgemeinden geben? Sabine konnte sie unmöglich alle nacheinander anrufen und sich nach Thomas erkundigen …

Sie entschied sich für den Sekt und setzte sich noch einen Moment auf die Terrasse. Dabei trank sie unter der Woche normalerweise nicht. Als auch das zweite Glas geleert war, wurde sie etwas trübsinnig und war sich sicher, dass Thomas kalte Füße bekommen und sie verlassen hatte. Wie konnte sie sich auch nur einbilden, dass er diesen ganzen Stress mit der Scheidung und dem Gerede im Dorf mitgemacht hätte? Für wen? Für sie etwa? Thomas konnte ganz andere haben. Er konnte jede haben.

XLIV

Während Sabine und Bärbel über den Tennisplatz des örtlichen Vereins jagten, in dem sie beide, wie es sich gehörte, schon seit ihrer Jugend Mitglieder waren, und sie, nach allem was man anschließend so hörte, eine wirklich gute Figur machten, saß Holzer mit Steffi beim örtlichen Italiener und goss ihm gerade wieder einen Tschianti ein.

»Prost, alter Kumpel«, sagte Holzer und hob das Glas, »auf dich und die Freundschaft!«

»Auf die Freundschaft!«, wiederholte Steffi und strahlte über beide Ohren. Selten hatte er einen so schönen Abend erlebt. Als Holzer gestern abgesagt und ihn um sein Auto gebeten hatte, hatte er zwar einen Moment an seiner Aufrichtigkeit gezweifelt, aber heute waren die Zweifel wie weggeblasen. Pünktlich um sieben hatte Holzer ihn abgeholt, in seinen BMW gepackt und war mit ihm zum Italiener gefahren. »Und komm nicht auf die Idee, deinen Geldbeutel mitzunehmen«, hatte Holzer noch gesagt und Steffi dabei zugezwinkert, »geht alles auf mich, egal, wo wir beiden heute noch landen. Das ist mein Geburtstagsgeschenk für meinen Freund Stefan!« Steffi fiel auf, dass der Motor von Holzers Wagen kein bisschen stotterte, wie er gestern meinte, aber er beschloss, dem keine Bedeutung beizumessen.

Und Holzer ließ sich nicht lumpen: Antipasto, Hauptgang, Tiramisu, eine ganze Flasche Wein – »Aber den besten!« –, Espresso, Grappa, noch einen Grappa … Alles nur vom Feinsten. Und richtig gut drauf war der Dieter heute. Erzählte, lachte, strahlte, machte Witze. Steffi hatte Dieter schon lange nicht mehr so fröhlich erlebt; um ehrlich zu sein, er hatte ihn noch nie so fröhlich erlebt.

Ja, und nach dem Essen, Dieter hatte nicht zu viel versprochen, da ging es noch in den – »Eins, zwei, drei, nichts dabei«, sagte Dieter – Puff, in den Puff … Steffi hätte sich nie alleine in so einen Laden getraut, aber mit Dieter zusammen schon. Dieter suchte ihm auch das Mädchen aus, Ludmilla aus der Ukraine, und raunte ihm ins Ohr, dass die ALLES mit sich machen lasse – Dieter kannte sich aus, er war wohl bekannt in dem Schuppen. Und diese Ludmilla war auch wirklich süß: Sie drückte ihm ihre dicken Brüste ins Gesicht und griff ihm gleichzeitig mit beiden Händen zwischen die Beine. Steffi hielt es nicht lange aus … Danach lagen sie zusammen auf ihrem großen Bett und Ludmilla erzählte ihm die traurige Geschichte, wie sie nach Deutschland und in das Bordell gekommen war. Sie war Witwe, ihr Mann, ein Polizist, im Einsatz gestorben, ohne ihr etwas zu hinterlassen. Bettelarm sei sie gewesen. Verzweifelt wandte sie sich an den Bruder ihres Mannes, der sie dann auch eine Zeit lang unterstützt hatte. Aber nach ein paar Monaten wollte er ihr nicht nur kein Geld mehr geben, sondern auch das wenige zurück, das er ihr geliehen hatte. Dabei hatte sie doch weder Geld noch Arbeit. Da versprach ihr Schwager, sie nach Deutschland in ein Lokal zu vermitteln, wo sie als Tänzerin arbeiten könnte. Sie sei nämlich eine Tänzerin, russische Schule, »Wie Bolschoi, du versteh'n?« Steffi verstand. Hier angekommen nahm man ihr gleich den Pass ab und zeigte ihr den Schuldschein, den sie ihrem Schwager unterschrieben hatte. Seitdem musste sie ihre Schulden abtragen, hier in dem Bordell.

Steffi empfand Mitleid mit dem armen Mädchen, aber als er ihr anbot, ihr zu helfen, sah sie nur auf die Uhr und meinte, dass die Zeit jetzt um sei. Holzer hatte nur für eine halbe Stunde bezahlt. Steffi hätte am liebsten verlängert, hatte doch aber den Geldbeutel nicht dabei … Er versprach, bald wiederzukommen, und versuchte, Ludmilla auf den Mund zu küssen. Das mochte sie aber irgendwie nicht.

Als Holzer und Steffi zur Kaserne zurückfuhren, lehnte Steffi sich entspannt im Beifahrersitz zurück. Er war glücklich über den tollen Abend mit seinem besten Freund und verliebt in Ludmilla. Während er überlegte, ob er vielleicht Ludmillas Schulden übernehmen könnte, um sie aus dem Bordell herauszukaufen, gestand ihm Dieter, dass er noch etwas auf dem Herzen habe.

»Wir sind doch Freunde, Stefan, oder?«, fragte Dieter.

»Aber klar!«, antwortete Steffi und wollte noch so etwas wie ›beste Freunde‹ hinzufügen, aber Dieter sprach schon weiter.

»Genau!«, sagte er nämlich, »und Freunde müssen sich vertrauen, nicht?«

»Klar«, antwortete Steffi.

»Und füreinander da sein«, fuhr Dieter fort.

»Sowieso klar!«

»Okay – ich wusste, dass ich dir vertrauen kann. Also, ich habe eine Bitte an dich. Nur eine Kleinigkeit, aber du musst mir vertrauen.«

»Klar, mach ich, du bist doch mein Freund!«.

»Okay – wenn dich jemand fragt, wo ich gestern war, dann waren wir zusammen, klar?«

»Klar …«

»Gestern ist heute, wenn dich jemand fragt. Alles, was wir heute gemacht haben, haben wir gestern gemacht, um deinen Geburtstag nachzufeiern.«

»Okay – und warum?«

»Weibergeschichte«, sagte Holzer und nickte vielsagend.

»Oh«, meinte Steffi anerkennend, »Weibergeschichte, verstehe. Du hast Schlag bei den Frauen. Das hab ich schon gemerkt.«

»Ich?«, meinte Dieter ungläubig, »eher wohl du … Ich hab ja gesehen, wie Ludmilla aussah, als sie runterkam vorhin … Die war ja völlig durch den Wind. Du musst es ihr hammermäßig besorgt haben.«

»Denkst du?«, fragte Steffi und strahlte.

XLV

Den hab ich im Sack, dachte Holzer und schlug Steffi kumpelhaft auf die Schulter, den hab ich so was von im Sack. Mit der Quittung des Restaurants, die er sich geschickt hatte zurückdatieren lassen, ohne dass es dem Kellner überhaupt aufgefallen wäre, und Steffis Aussage hatte er ein prächtiges, prächtiges Alibi. Fröhlich gab er Gas. Er hatte zwar ein, zwei, drei Gläser zu viel, aber das war ihm nun so was von egal. Hier oben kontrollierten sie nicht. Die Bullen hatten keine Lust, im Dunkeln rumzustehen und die Soldaten anzuhalten, die von ihren Streifzügen zurückkehrten. Das hätte er an ihrer Stelle auch nicht anders gehalten. Waren eben auch nur Beamte mit einem harten Job. Und im Grunde alle beim gleichen Verein, oder?

Kurz vor dem Schlafengehen dachte Holzer noch einmal an den Vortag. Das Gesicht von diesem Weichei, als er den Schläger gesehen hatte: unbezahlbar. Holzer lachte sich schlapp. Man hätte es filmen sollen. Diese Hackfresse, Mann! Hackfresse, geiler Ausdruck, wenn man bedenkt, wie er nachher aussah, dachte Holzer und lachte noch einmal. Morgen würde er die Klamotten, die er neulich angehabt hatte, in die Kasernen-Wäscherei geben. Blut, Erde, Gras – das bekamen die weg, hatten sie hier schließlich täglich. Dann überkam ihn die

Müdigkeit, übermächtig. Er erinnerte sich noch an ein paar Schläge, die er gesetzt hatte, dann schlief er ein. Er schlief gut in dieser Nacht, so gut wie lange nicht mehr. Tief und traumlos.

XLVI

Sabine schlief nicht. Sie achtete auf jedes Geräusch im Haus, auf jedes Auto, das draußen vorbeifuhr, auf jeden Ton, den der Abendwind durch die halb offenen Fenster trug. Sie konnte einfach nicht glauben und sich nicht vorstellen, dass Thomas sie so mir nichts, dir nichts verlassen konnte; nicht nach dem, was er ihr am Vortag gesagt, nicht nachdem sie versprochen hatte, mit ihrem Mann zu reden und nur noch für Thomas da zu sein. Aber vielleicht war es ja auch genau das! Vielleicht war sie für Thomas nur so lange attraktiv, wie sie ihm noch nicht alleine gehörte. So etwas las man immer wieder. Sie hatte auch einmal einen Film gesehen, in dem es genau darum ging. Da gab es eine Frau, die immer wieder verheirateten Männern nachrannte und alles daransetzte, sie zu bekommen. Sobald die sich aber entschlossen hatten, ihre Ehefrauen zu verlassen, verlor sie von einem Moment auf den anderen das Interesse an ihnen und suchte sich den nächsten. Die Männer standen dann belämmert da und kehrten blöd und reumütig zu ihren Frauen zurück, die ihrerseits in der Regel blöd genug waren, sie auch noch zurückzunehmen … Vielleicht war Thomas ja auch so wie diese Frau?

Sie meinte, die Haustüre zu hören, und sprang auf. Wie sie war, in ihrem leichten Nachthemd, rannte sie zur

Wohnungstür und spähte in den dunklen Gang hinaus. Aber da war nichts, sie hatte sich getäuscht.

Ja, getäuscht hatte sie sich. Und wie leicht täuschte man sich! Während sie mit kleinen Schritten und kalten Füßen in ihr Bett zurücktippelte, überkam sie mit einem Mal Wut. Was Thomas mit ihr machte, das war unanständig. Das tat man nicht! Dem würde sie die Meinung sagen, sobald er ihr wieder unter die Augen trat. Na warte!

Aber wenn ihm vielleicht doch etwas passiert war? Ach, Blödsinn!! Was sollte ihm denn passiert sein? Die Maschine war Schrott, mit der konnte er nicht mehr fahren.

Und was hätte ihm sonst schon passieren sollen, außer einem Unfall?

Und wenn er sich eine andere Maschine geliehen hatte, von irgendeinem Kumpel? Nein, er hatte versprochen, nie mehr zu fahren in seinem Leben! Und sie hatte das Versprechen angenommen. Punkt. Und dann fuhr er auch nicht. Also, was sollte da passiert sein? In der Gegend hier passierte doch nichts!

Und wenn er ein letztes Mal Motorrad fahren wollte, bevor er es endgültig aufgab? So wie ein Raucher die letzte Zigarette genoss, ein Trinker das letzte Bier vor dem endgültigen Aus? Nein, das glaubte sie nicht. Das würde irgendwie nicht zu ihm passen.

Und wenn es genau das Versprechen war, das ihn fortgetrieben hatte? War ihm das Opfer zu groß? Das Motorrad war seine Leidenschaft. Aber sie hatte doch gar nichts verlangt von ihm! Sie hatte ihn doch gar nicht darum gebeten, nie mehr zu fahren. Das war sein eigener Vorschlag gewesen, seine ureigenste Idee, weil … ja, weil er doch Kinder wollte – mit ihr!

Als sie am frühen Morgen die Augen aufschlug, fühlte sie ihren Mann neben sich liegen. Sie drehte sich um und sah in blutrote Augen. Sein Atem schlug ihr ins Gesicht. Sie versuchte, sich wegzudrehen, aber sie konnte ihren Kopf nicht bewegen. Sie wollte etwas sagen, brachte aber nichts heraus. Wieso bringe ich denn nichts heraus?, dachte sie mit zunehmender Angst. Das Atmen fiel ihr schwer. Irgendetwas drückte ihr auf den Kehlkopf. Sie blickte an sich herunter und sah die Hände ihres Mannes um ihren Hals geschlungen. Sie wollte sie wegdrücken, aber ihre eigenen Hände gehorchten ihr nicht. Sie wollte ihn anflehen aufzuhören, sie formte die Worte in ihren Gedanken: »Hör auf, bitte! Es tut mir leid!« Aber sie brachte keinen Ton heraus. Und plötzlich bekam sie gar keine Luft mehr! Auf ihrer Brust lag ein Gewicht, schwer wie Blei. Sie fühlte, wie ihr Körper sich mit letzter Kraft aufbäumte. Sie strampelte und wand sich, so sehr sie konnte. Endlich fand sie ihre Stimme wieder und schrie, schrie aus vollem Leib – und wachte auf, unvermittelt, schweißgebadet, das Leintuch absurd um Brust und Hals geschlungen. Ihr Mann war nicht da, nie da gewesen. »Oh, Gott!«, sagte sie. »Ich hab geträumt. Ich hab nur geträumt.«

Alles um sie herum war feucht von ihrem Schweiß. Ein paar erste Sonnenstrahlen tauchten das Zimmer in ein kühles Grau. Sie stand auf und ging ins Badezimmer, wo sie sich mit einem Handtuch abtrocknete. Sie fühlte sich völlig gerädert und hätte sich gerne wieder hingelegt, um noch ein oder zwei Stunden zu schlafen, aber bei der Vorstellung, die Augen noch einmal zu schließen und in diesen Traum zurückzufallen, ergriff sie nackte Panik. Kein Schlaf mehr heute Morgen, beschloss sie, kein Schlaf mehr.

Stattdessen sah sie noch einmal ins Treppenhaus, um irgendein Zeichen von Thomas zu entdecken. Aber da war nichts. Wenn er heute Nacht noch zurückgekommen wäre, dann hatte er keine Spuren hinterlassen. Aber welche Spuren und Zeichen hätte er auch hinterlassen und was hätte sie entdecken sollen? Schmutzspuren am Boden? Seine Schuhe vor der Tür?

Einen Augenblick war sie versucht, nach unten zu gehen und zu klingeln, widerstand aber. Man darf den Männern nicht zu sehr hinterherrennen. Es war an ihm, sich zu melden. An ihm ganz allein.

XLVII

»Bevor wir gleich zum Richter gehen, können wir vielleicht noch etwas klären«, sagte der Kommissar sehr freundlich. »Sie müssen aber nichts sagen, das wissen Sie.«

»Ja«, sagte Holzer betont selbstsicher, »das weiß ich.«

»Das ist doch Ihre Handynummer, oder?«, meinte der Polizist und reichte Holzer ein Blatt über den Tisch. Holzer ergriff das Papier scheinbar gelassen, betrachtete die Nummer, überlegte, ob es sich lohnte, zu leugnen, entschied sich aber dagegen. »Yep«, sagte er. »Das ist meine Nummer.«

»Und Sie haben Ihr Handy normalerweise bei sich?«, fragte der Kommissar und sah Holzer dabei aufmunternd an. Holzer lehnte sich in seinem Stuhl zurück und begann zu wippen wie in der Schulzeit. Er wusste nicht, wo diese Fragen hinführten, aber er fühlte die Gefahr.

»Normalerweise schon«, antwortete er vorsichtig, »aber seit ein, zwei Wochen vermisse ich es. Ich hab schon überall gesucht. Ist mir vermutlich geklaut worden – oder …«

»Oder Sie haben es verlegt«, fiel ihm der Kommissar ins Wort, aber das klang nicht unfreundlich, eher mitfühlend, verständnisvoll.

»Oder ich habe es verlegt«, wiederholte Holzer dankbar.

»Ich glaube, dann habe ich eine wirklich gute Nachricht für Sie«, sagte der Kommissar und zog eine Schreibtischschublade auf. »Wir haben es nämlich gefunden. Hier ist es!« Und mit diesen Worten legte er ein in eine durchsichtige Plastiktüte gehülltes Smartphone auf den Tisch. »Ist doch Ihres, oder?«, fragte er, aber das war reine Formsache. Eine Antwort erwartete er nicht und Holzer gab ihm auch keine. »Das merkwürdige ist jetzt nur: Es lag bei Ihnen zu Hause. Auf dem Nachttisch, wie ich mir habe sagen lassen. Es lud wohl gerade auf.«

»Ah«, sagte Holzer, »da vermisst man etwas und sucht und sucht …«

»Und dann liegt es einem vor der Nase …«, vervollständigte der Kommissar den Satz wieder.

»Genau«, sagte Holzer.

»Ja, so etwas gibt es. Passiert mir auch oft, aber ich bin sowieso ein wenig schusselig«, sagte der Kommissar, der begonnen hatte, ein wenig mit dem Handy rumzuspielen. »Keine Sorge«, meinte er dabei und ließ die Augen nicht von dem Display, »ich mache es nicht kaputt. Wissen Sie, so schusselig bin ich auch wieder nicht.«

Holzer zog es vor, auch hierauf nicht zu antworten.

»Was ich dann aber nicht verstehe«, sagte der Kommissar ganz harmlos, als er offenbar gefunden hatte, was er suchte, »was ich nicht verstehe, ist, wieso dann jemand mit dem Handy telefoniert hat. Gestern, vorgestern, vorvorgestern … Ich meine, wenn Sie es verlegt hatten.«

»Meine Frau vielleicht!«, warf Holzer schnell ein. Die Ausrede war ihm plötzlich eingefallen. Er war stolz auf sich und grinste.

»Richtig!«, entgegnete der Kommissar mit Begeisterung in der Stimme. »Das ist eine Möglichkeit. Merkwürdig, dass mir das nicht selbst eingefallen ist! Eins ist dann allerdings doch wieder komisch ...«, fügte er hinzu und zeigte auf das Display. »Gestern ist von diesem Handy ausgerechnet das Handy ihrer Frau angerufen worden. Ich meine, das ist doch merkwürdig. Wieso sollte Ihre Frau mit Ihrem Handy«, und bei diesen Worten deutete er auf Holzer, »ihr eigenes Handy anrufen? Das macht doch irgendwie keinen Sinn, oder?«

»Sie hat es vielleicht gesucht?«, meinte Holzer immer noch sehr selbstbewusst.

»Was gesucht?«, antwortete der Kommissar träge und begriffsstutzig.

»Ihr eigenes Handy! Vielleicht hat sie ihr eigenes Handy angerufen, weil sie es gesucht hat. Damit sie es finden kann. Klingelton, verstehen Sie? Klingelton! Sie macht das öfter. Ist auch etwas schusselig.«

»Ah, ja!«, sagte der Kommissar und schlug sich gegen die Stirn. »Natürlich! Sie sucht ihr Handy und ruft es von Ihrem Handy aus an.« Bei diesen letzten Worten zeigte er wieder auf Holzer, als ob er ein wenig langsam wäre im Kopf – der Kommissar oder Holzer, das blieb offen.

»Da gibt es dann nur ein Problem ...«, fuhr der Polizist fort.

»Ja?«, fragte Holzer.

»Warum sollte sie mit ihrem eigenen Handy ganze drei Minuten quatschen? Ich meine: Gut, Frauen reden gerne ein bisschen mehr als Männer, aber wieso hätte

sie drei Minuten auf die eigene Mailbox sprechen sollen? Das macht irgendwie keinen Sinn.«

»Hm«, machte Holzer, der jetzt gerne eine Zigarette geraucht hätte, »vielleicht war sie es ja gar nicht, die das Handy benutzt hat … Das war ja nur eine Idee von mir.«

»Sondern?«, fragte der Kommissar immer noch lächelnd.

»Was weiß ich denn! Eine Freundin, eine Nachbarin, irgendjemand!«

Der Kommissar antwortete nicht, aber irgendetwas änderte sich in seinem Ausdruck. Holzer nahm es wahr, konnte es aber nicht erklären. Der Kommissar lächelte weiter, aber es trat eine gewisse Kälte in dieses Lächeln. Holzer wurde unbehaglich unter diesem Blick, und das Selbstbewusstsein, das ihm seine Ausreden verschafft hatte, verpuffte. Er begann, nervös zu werden, und fühlte, wie ihm eine einzelne kleine Schweißperle auf die Stirn trat. Genau unter seinem Haaransatz. Er dachte gerade noch, hoffentlich sieht dieser Scheißkerl die Scheißschweißperle nicht, als sie sich auch schon löste und langsam über die Stirn und die Wange glitt.

»Warm hier, nicht wahr?«, fragte der Kommissar.

»Ein wenig«, antwortete Holzer und dehnte den Kragen seines Sweatshirts.

»Sicher, dass Sie vielleicht nicht doch warten wollen, bis ein Anwalt für Sie da ist?«

»Ganz sicher!«, antwortete Holzer. »Ich meine, ich hab nichts zu verbergen.«

»Natürlich nicht! Das wollte ich auch gar nicht unterstellen«, antwortete der Polizist mit lärmender Höflichkeit.

XLVIII

Der Morgen war furchtbar, der Nachmittag war furchtbar, der ganze Tag war furchtbar. Sabine verschrieb sich, verrechnete sich, vertippte sich am laufenden Band. So kannte sie sich nicht. Nie hätte sie gedacht, dass es sie so treffen könnte, von einem Mann sitzen gelassen zu werden. Wenn früher eine ihrer Freundinnen bei Sabine zu Hause auf dem Sofa saß und Rotz und Wasser heulte, weil sich der Dorfdepp, mit dem sie gerade zusammen war, irgendeine andere Schnepfe angelacht hatte, dann gab sie sich mitfühlend und verständnisvoll und sparte weder mit Baileys noch mit frischen Taschentüchern, aber irgendetwas in ihr betrachtete die Szene stets mit Distanz und oft mit Verachtung. Egal, wer da saß, und egal, um wen sie weinte, Sabine fand jede Träne um den jeweiligen Kerl verschwendet und hätte jede einzelne dieser Freundinnen am liebsten geschüttelt, um ihr zu sagen, dass sie froh sein solle, den Trottel endlich los zu sein. Jetzt hätte sie sich allerdings am liebsten selbst auf ein Sofa gesetzt, Baileys getrunken und Rotz und Wasser geheult, während sie eine Freundin mit der immer gleichen Frage zujammerte … Thomas, mein Thomas, warum hast du mich verlassen? Ich war doch schon ganz dein! Nur noch ein Gespräch und diese Sache mit Dieter wäre zu Ende gewesen. Sache, ja, Sache, nicht Ehe.

Das war nie eine Ehe, Thomas, ich schwöre es dir! Ich liebe doch nur dich, ich habe immer nur dich geliebt.

»Geht es dir nicht gut?«, fragte die Müller, während sie gemeinsam eine Pause machten, und schon schossen der sonst so beherrschten Sabine die Tränen in die Augen. »Ich verstehe«, sagte die Müller mit zarter Stimme und strich ihr mit der Hand sanft über den Kopf. »Da müssen wir früher oder später alle einmal durch!«, und noch während sie das sagte und über Sabines Haar streichelte, traten auch der Müller Tränen in die Augen, Tränen, die Sabine für ein Zeichen des Mitgefühls hielt, sodass sie der Älteren am liebsten um den Hals gefallen wäre, um sich an ihrer Brust auszuheulen.

»Kann ich irgendetwas für dich tun?«, sagte die Müller und strich Sabine weiter liebevoll über die Haare, sodass Sabine für einen Moment die Kontrolle verlor und zu schluchzen begann wie ein kleines Kind.

XLIX

»Also, lassen Sie uns das einfach noch einmal durchgehen«, sagte der Kommissar und sah in die Akte, die vor ihm lag. »Ihr Nachbar wird seit dem vorletzten Mittwochabend vermisst. Einverstanden so weit?«

»Wenn Sie es sagen …«, antwortete Holzer, »ich meine, woher soll ich das wissen?«

»Sie haben recht … Das war nur so daher gesagt. Vergessen Sie das einfach wieder … Also, Donnerstag erscheint er nicht bei der Arbeit und wird nicht mehr gesehen. Das können wir so festhalten. Mittwochabend war er noch mit einem Freund verabredet, hat ihn aber versetzt. Das wissen wir auch. Das spricht dafür, dass er vielleicht schon Mittwochabend verschwunden ist …« Der Kommissar machte eine Pause, sah von seiner Akte auf und lächelte Holzer freundlich an. »Sie haben, wenn ich es richtig notiert habe, ausgesagt, dass Sie die ganze Woche bis Samstag in der Kaserne waren. Dienstag gab es einen kleinen Umtrunk, weil einer Ihrer Kameraden befördert wurde, Mittwoch waren Sie mit Ihrem Kameraden Stefan Mährer in der Pizzeria Bella Italia und anschließend noch in einem gewissen Etablissement … nicht wahr?«

»Richtig!«, bestätigte Holzer und nickte geflissentlich. »Ich glaube, ich hab sogar noch irgendwo eine Quittung, die ich Ihnen geben könnte.«

»Eine Quittung?«

»Ja, klar. Aus dem Bella Italia. Für das Essen Mittwochabend.«

»Ah!«, machte der Kommissar, »aus dem Bella Italia. Ich dachte schon aus dem Puff.«

»Nein«, entgegnete Holzer lachend, »ich meine, wer lässt sich im Puff schon eine Quittung geben?«

»Eben«, sagte der Kommissar.

L

Natürlich lag keine Spur von Mitleid in den Tränen der Müller. Sie hatte sich in dem Moment, als sie mit Sabine sprach, nur kurz daran erinnert, wie ihr Mann damals mit ihr zu sprechen versucht hatte, um zu gestehen, dass er ausziehen wollte. Diese Erinnerung trieb ihr regelmäßig Tränen in die Augen, aber nicht etwa aus Trauer, sondern aus Zorn. Dass er es überhaupt GEWAGT hatte, dieser Mistkerl!

Ansonsten fand die Müller, dass es Sabine ganz guttat, wenn sie auch einmal für das bezahlen musste, was sie anderen antat, und genoss es sehr, wie die Jüngere da gerade vor ihr zusammenbrach. Wie wunderbar es wäre, wenn sie das nur einmal auch bei diesem Flittchen ihres Mannes miterleben könnte! Sie hatte ja gleich registriert, wie Sabine aussah, als sie heute früh in der Bank erschienen war. Geschwollene Lider, rote, entzündete Augen, Augenringe, die Haare stumpf. Ja, auch die junge Sabine war nicht mehr ganz so hübsch, wenn sie eine Nacht lang keinen Schlaf fand, nicht wahr? Geschieht ihr nur recht, dachte die Müller. Da hatte der Herr Soldat sich vermutlich gestern geregt und der Wahrheit die Ehre gegeben. Ach, die Müller wäre so, so, so gerne dabei gewesen, um Mäuschen zu spielen! Sie sah Sabine ins Gesicht und suchte Spuren einer Ohrfeige, fand zu ihrer

Enttäuschung aber keine. Die hätte sie ihr so gegönnt! Aber dafür war der Herr Soldat offenbar nicht Manns genug. Oder er war gar nicht hergekommen und sie hatten sich nur am Telefon gestritten. Dann war diese Option ja noch offen.

Also, sie, die Müller, hatte natürlich keinen Augenblick gezögert, ihrem Mann eine zu schmieren, als sie von dem Flittchen erfahren hatte. Und er, blöd wie er war, hatte sich noch nicht mal gewehrt. So ein Jammerlappen! Da hatte sie natürlich gleich noch mal zugeschlagen, allein schon weil er sich nicht wehrte. So oft bot sich eine solche Möglichkeit ja nicht …

»Kann ich irgendwas für dich tun?«, wiederholte sie, weil das gerade so einen schönen Effekt gehabt hatte, und streichelte Sabine weiter über das Haar. Sie musste nur vorsichtig sein, dass sich das dumme Kind nicht gleich an ihren Hals warf, sonst würde sie ihr noch ihre hübsche neue Bluse vollheulen.

Ja, kam ihr der Gedanke erneut, wie wunderbar das wäre, wenn sie das Gleiche nur ein einziges Mal bei diesem Flittchen erleben dürfte … Und während sie diese Vorstellung genoss, überlegte sie, ob sich das nicht vielleicht doch irgendwie arrangieren ließe.

LI

Freitagabend – sie hatte schon zweimal bei ihm geklingelt und ebenso oft angerufen. Ghosting – manche Menschen waren nicht in der Lage, ihrem Partner zu sagen, dass es vorbei ist, konnten einfach nicht Schluss machen, wie es sich gehörte. Stattdessen verschwanden sie, verweigerten jedes Telefonat, antworteten nicht auf Nachrichten. So wie früher die Männer, die sich zum Zigarettenholen verabschiedeten und einfach nicht wiederkamen. Sie hatte davon gehört, aber nie für möglich gehalten, dass ausgerechnet ihr so etwas passieren konnte, schon gar nicht, dass Thomas ihr so etwas antun oder er sich überhaupt von ihr trennen würde. Doch nicht ihr Thomas! … Und so irrt man sich, dachte Sabine, und schenkte sich einen Baileys ein.

Und. So. Irrt. Man. Sich.

Prost.

Es war an sich ein schöner Abend. Die Luft war noch immer mild, die Sonne stand tief über den Vogesen und färbte das Tal mit warmem Licht. Vor ihren Augen tanzte ein Schmetterlingspaar … Man hätte sich gut fühlen können an einem solchen Abend, beschwingt und glücklich … hätte … Wenn einem das Herz nicht so schwer wäre, dachte sie, und genehmigte sich noch einen Schluck dieses süßen Likörs. Es war doch immer irgendwie das Gleiche, oder? Da ließ man sich auf jemanden ein, da gab man ihm seine ganze Liebe, und es wurde einem das Herz aus der Brust gerissen. Man sollte Männer nicht lieben. Wenn man einen Mann liebte, trieb er einen nur in den Wahnsinn. Das hatte schon ihre Mutter gesagt. Immer ein bisschen zappeln lassen, das brauchten die Kerle. Wenn man ihnen das Herz schenkte, war man ver…dings. Verraten und verkauft, jawohl … fand Sabine. Verraten und verkauft, wie damals, als dieser Franzose …

Stopp, sagte sich Sabine, stopp! Du wolltest nicht mehr an den Franzosen denken. Nie mehr.

Sie sollte jetzt eigentlich nicht so auf der Terrasse sitzen und einen Baileys nach dem anderen trinken. Sie sollte mit einer Freundin tanzen gehen und mit irgendeinem hübschen Burschen flirten, nur flirten, nichts weiter. Das war die beste Medizin gegen jeden Liebeskummer. Das riet sie ihren Freundinnen, wenn die flennend auf der Couch saßen. Aber Sabine war nicht danach, sie hatte eher Lust auf einen weiteren kleinen letzten Schluck. »*Nur nicht aus Liebe weinen, es gibt im Leben nicht nur den einen*«, sang sie, und: »Prost! Sabine«, sagte Sabine und hielt das Glas in die Luft.

Andererseits … vielleicht war es ja das Beste, dass … dachte sie und fragte sich gleichzeitig, woher dieser Gedanke mit einem Mal kam. Das Beste, dass … besser jedenfalls, als wenn er erst in einer Woche Reißaus genommen hätte, nachdem sie mit Dieter … Ich meine … fand Sabine und schenkte sich noch ein klitzekleines, wirklich allerletztes Gläschen ein … Das Gespräch mit ihrem Mann, das war jetzt ja vielleicht erst einmal gar nicht mehr sooo wichtig … Und so schlecht war das Leben mit ihm doch nicht. Er verließ sie nicht. Er blieb und ließ ihr dabei auch noch ihre Ruhe. Schließlich konnte sie machen, was sie wollte. Welche verheiratete Frau konnte das denn, machen, was sie wollte? Hä? Keine, weit und breit! Sie hatte unter der Woche Zeit für sich und am Wochenende kam Dieter und mischte sich nicht weiter in ihr Leben ein. Das war doch gar so nicht übel, oder? Und wenn sie ihm sagte, er soll den Müll runterbringen, dann brachte er den Müll. Ohne Widerworte. Egal, was er gerade tat. Sie sagte, bring doch mal den Müll, und er brachte den Müll. Dieter war … wie nennt man das gleich? Solide, er war solide. Nicht wie dieser Franzose, der sie nach diesem einen Sommer verlassen und ihr Herz gebrochen hatte, nicht wie Thomas, der ihr Liebe und ewige Treue schwor und sich dann nie mehr blicken ließ. Da war Dieter doch ganz anders! Natürlich war da wenig Liebe, so mit Schmetterlingen im Bauch und so, aber hey, wer braucht schon Schmetterlinge im Bauch? Die haben da doch gar nichts zu suchen! Die gehören in den Garten.

Die Liebe, dachte Sabine, zerriss einen am Ende doch nur in Stücke. Ja, so war das, und dann nahm sie noch einen Schluck. Einen letzten.

Morgen würde Dieter kommen, fiel ihr noch ein, bevor sie mit vernebeltem Gehirn in den Schlaf sank. Morgen kommt Dieter …

LII

Es lief gut für Holzer. Steffi fraß ihm aus der Hand, der Kollege, mit dem er angeblich einen Streit gehabt haben soll, hatte sich in der Kantine zu ihm gesetzt, was nichts anderes bedeuten konnte, als dass das Weichei doch nichts gegen ihn unternehmen würde, und am Nachmittag war sogar dieser eingebildete Leutnant aufgekreuzt, um ihn zu bitten, das Gespräch über seinen Fast-Schwager vertraulich zu behandeln. Er wolle schließlich nicht, dass einzelne Soldaten bevorzugt würden, nur weil sie … na, Sie wissen schon. Holzer war schlau genug, dem Leutnant seine Diskretion in die Hand zu versprechen, und hatte damit automatisch etwas gut bei dem Schnösel, was ja immer sehr hilfreich sein konnte. Freitagabend ging er noch einmal ins Bordell, um es der kleinen Schlampe zu besorgen, in die sich dieser Tropf von Steffi doch tatsächlich verliebt hatte, und lachte sich kaputt, als sie ihm erzählte, wie es mit ihm gewesen war. »Er ist wie kleiner Junge«, sagte Ludmilla und grinste.

Samstag dann packte er wie immer seine Wäsche, warf den Seesack mit der immer gleichen Bewegung in den Kofferraum, startete den BMW und machte sich wie an jedem dienstfreien Wochenende auf nach Hause. Er nahm den gleichen Weg wie sonst, blinkte an den gleichen Abzweigungen, bremste in denselben Kurven, so wie immer, so wie vorher. Er wunderte sich selbst über die Gleichförmigkeit seiner Handlungen und jeder seiner Bewegungen … Als wäre nichts geschehen in der Zwischenzeit, nichts. Müsste nicht der Himmel tiefer hängen und dunkel grollen? Einen Scheiß tat er! Derselbe Himmel, dasselbe Blau, dieselben leichten Wolken … Wenn es einen Gott gab, dann war ihm dieser Scheißer, der unter den Tannenzweigen begraben lag, völlig egal. Und deswegen fuhr Holzer auf derselben Straße vorbei an denselben Bäumen, Häusern und Tankstellen. Und wenn nun alles dasselbe blieb, hieß das nicht auch, dass nichts geschehen oder dass das, was geschehen sein mochte, nicht schlimm war? Also zumindest für die Welt um ihn herum? Ja, es konnte nicht anders sein. Einen anderen Schluss gab es nicht.

Und wie war es in ihm? War er nicht auch derselbe geblieben? Ja, das war er. Wobei, er fühlte sich besser, er fühlte sich stärker, freier und er fühlte sich männlicher. Und trotzdem war er doch derselbe, war nichts anderes in ihm und an ihm als vor seinem kleinen nächtlichen Ausflug. Und was hieß das? Dass das Ganze bedeutungslos war? Nein, das konnte er nicht glauben, nicht in sich. Vorgestern war er sich sicher, es gäbe einen Dieter Holzer vorher und einen Dieter Holzer nachher, und wenn er auch derselbe war, so fühlte er sich jetzt so viel besser und so viel mehr er selbst, dass er nur annehmen konnte, dieser nächtliche Besuch hatte aus ihm genau das gemacht, was er immer schon sein sollte, hatte irgendwie den echten Dieter Holzer freigelegt unter dem falschen. Und das hieß doch, dass alles, was er getan haben mochte, einer klaren Notwendigkeit entsprang. »Klare Notwendigkeit!«, sagte er laut vor sich hin und fand diese Worte und diesen Gedanken, den allein er hervorgebracht hatte, ganz und gar atemberaubend.

Als er fast schon zu Hause war und an der Einfahrt vorbeifuhr, von der aus es zu dem stillgelegten Steinbruch ging, lächelte und nickte er und sagte es noch einmal: »Klare Notwendigkeit!«

Und dann dachte er an Sabine und stellte fest, dass er keinen Groll mehr gegen sie hegte … Das wunderte ihn, denn sie hatte ihn betrogen und war eine verfickte Schlampe, aber in ihm war trotzdem kein Groll mehr. Dabei hätte er sie vor drei Tagen noch, ohne mit der Wimper zu zucken, erschlagen, wenn sie nur an die Tür geklopft hätte. Erschlagen, ohne zu zögern, und mit Lust. Und jetzt? Keinen Groll mehr. Vielleicht war das ein Zeichen?

Wie sollte er ihr begegnen? Sollte er ihr eine scheuern, sobald er sie sah, oder lieber kühl und distanziert sein? Sollte er sich von ihr trennen? Sollte er sie packen und es ihr einfach mal richtig besorgen, wie er es mit diesen Nutten so gut konnte, aber bei ihr aus irgendeinem Grund nie so hinbekam? Nein, er würde ganz normal sein, also so ganz normal, wie der jetzige, der echte Dieter Holzer ganz normal war. Und genau in dem Moment, in dem er diesen Entschluss gefasst hatte, bog er mit seinem Auto auf den Hof ein. So wie immer. Aber doch ein bisschen besser gelaunt.

LIII

Sabine war erst ein bisschen nervös, als sie ihren Mann wiedersah. So als hätte der Entschluss, ihn zu verlassen, den sie gefasst, jetzt aber doch wieder rückgängig gemacht hatte, irgendeine Spur bei ihr hinterlassen, die er erkennen könnte, wenn er nur genau hinsah, eine Art Mal auf der Stirn. Aber er benahm sich nicht anders als sonst und das beruhigte sie bald. Er kam herein, grüßte mit dem immer gleichen »Hallo, Schatz«, gab ihr den gleichen flüchtigen Kuss auf den Mund und legte den Seesack mit seiner schmutzigen Wäsche ins Bad neben die Waschmaschine. »Hallo, Schatz!«, hörte sie sich antworten, fühlte sich den Kuss zerstreut erwidern und sah sich in Gedanken die Waschmaschine beladen …

»Wie war die Woche?«, fragte Dieter, und sie war froh, endlich jemanden zu haben, dem sie von dieser anstrengenden Revision erzählen konnte – natürlich ohne gewisse Details zu nennen. Und als sie ihren Bericht beendet und noch einmal betont hatte, wie anstrengend alles gewesen war, da sah Dieter sie an, lächelte und sagte: »Das kann ich mir gut vorstellen. Diese Kontrolltypen sind doch alle gleich!« Und dabei hatte Sabine das Gefühl, dass ihr Mann sich vielleicht wirklich vorstellen konnte, wie anstrengend diese Revision für sie gewesen war, und das tat ihr richtig gut.

»Und deine Woche, wie war die?«, fragte sie zurück und setzte einen Kaffee für sie beide auf, während Dieter von diesem bescheuerten Leutnant erzählte, der ihn wegen seines angehenden Schwagers angemacht hatte, von seinen begriffsstutzigen Rekruten und dem Abendessen mit Steffi – wobei auch er natürlich das ein oder andere Detail ausließ. Und so saßen sie am Küchentisch, wie jedes andere Ehepaar es tun würde, das sich eine Woche nicht gesehen hatte, und als Holzer dann fragte, ob es sonst irgendetwas Besonderes gegeben hätte die Woche, dachte Sabine kurz nach, schüttelte den Kopf und antwortete: »Nein, nichts!«

Es wurde ein ganz ruhiger Samstag für die beiden. Sabine wusch die Wäsche und putzte die Wohnung, Holzer räumte die Garage auf, was er sich schon sehr, sehr lange vorgenommen hatte, und abends, zur Überraschung und Feier des Tages, lud er Sabine zum Italiener ein! Pizza und Tschianti wären jetzt genau das Richtige, fand er, und Sabine freute sich über die Einladung, denn es kam nicht oft vor, dass ihr Mann so eine Idee hatte, und deswegen zog sie sich auch einen Rock an, der nach ihrem Geschmack eigentlich etwas zu kurz war, weil sie wusste, dass Dieter kurze Röcke mochte, denn schließlich musste man für das Funktionieren einer Ehe auch mal etwas tun. Fand Sabine. Der Rock hatte dann auch gleich den gewünschten Effekt. Dieter sah sie nicht nur sofort lüstern an, als sie ihn scheinheilig fragte, ob er fand, dass sie zugenommen habe und sie für den Mini zu dick sei, sondern zog sie an sich und packte ihren Po dabei mit beiden Händen. Und Sabine gefiel das.

Während der Fahrt zum Italiener streichelte er ihr über die nackten Beine, und sie genoss es, wie viel Aufmerksamkeit er ihr mit einem Mal schenkte. Manchmal sind die Dinge so einfach, sagte sie sich. Die Frage war nur, wieso man nicht schon früher darauf kam.

Ja, und dann beim Italiener wurde es richtig nett. Sie lachten gemeinsam über den Revisor und den bescheuerten Leutnant, tranken Wein und Grappa, und als sie später nach Haus kamen, da war die Nacht noch so mild und duftend, dass sie einen winzigen Schluck Winzersekt tranken und ja, da küsste der Dieter seine Sabine ganz ohne Umschweife, und sie fand, er küsse wie schon lange nicht mehr oder vielleicht auch wie noch nie, und als er sie an sich zog, unter ihren Rock griff und ihr das Höschen herunterzog, konnte sie gar nicht anders, als sich seinem Verlangen hinzugeben, denn schließlich war er ihr Ehemann. Fand sie.

LIV

Holzer wusste selbst nicht, was ihn ritt, als er seine Frau zum Italiener einlud, schließlich hatte ihn die Alte betrogen und eher eine Tracht Prügel verdient als eine Einladung. Aber als sie dann mit diesem Nutten-Rock vor ihm auf und ab stolzierte und dabei mit ihrem zugegebenermaßen ziemlich geilen Arsch wackelte, fand er die Idee doch wieder ziemlich gut. Er hatte ja sonst auch nichts gegen Nutten. Wieso sollte er da bei seiner Frau eine Ausnahme machen? Und der Abend wurde dann schöner, als er ihn sich vorgestellt hatte. Sie aßen zusammen, sie tranken zusammen, sie lachten zusammen, und als es dann nach Hause ging, da hatte er einfach keine Scheu einzufordern, was ihm zustand, erstens weil sie seine Frau war und zweitens weil er dafür bezahlt hatte, und augenscheinlich hatte sie auch gar kein Problem damit, im Gegenteil. Sie war richtig scharf auf ihn, die Kleine, und quietschte vor Vergnügen, als er es ihr ziemlich gradlinig und ohne Schnickschnack besorgte. Komisch, dachte Holzer, wieso hatte er das früher nicht schon so gemacht? Musste man wirklich erst einen totschlagen, bevor man die einfachsten Dinge des Lebens begriff?

Nachdem Holzer erschöpft neben ihr niedergesunken war, kuschelte Sabine sich zärtlich an ihn und schnurrte wie eine satte Katze. Holzer mochte so viel Umarmung nicht, wäre normalerweise aber liegen geblieben, um diesen Ausdruck weiblicher Zuneigung über sich ergehen zu lassen wie einen Regenschauer auf offenem Feld. Diesmal aber entzog er sich und ging noch einmal hinaus auf die Terrasse in die laue Sommernacht. Er war schließlich frei und konnte tun und lassen, was er wollte. Er setzte sich, goss sich einen Whisky ein und sah in den Himmel, und dabei fand er, dass er jetzt, gerade in diesem Moment, ungeheuer glücklich war. »Prost, Dieter!«, sagte er und leerte das Glas auf sein eigenes Wohl. Alles klare Notwendigkeit.

LV

»Zurück zu Ihrem Handy«, sagte der Kommissar und nahm einen Schluck aus dem Wasserglas, das vor ihm stand. »Die wenigsten Leute machen sich ja Gedanken darüber, wie so ein Handy die Gespräche eigentlich überträgt, und wenn man sie fragt, dann vermuten sie, die Verbindung geht irgendwie über Satellit. Wussten Sie das?«

Holzer zuckte mit den Schultern. Er gehörte wohl zu der Mehrzahl der Leute, die sich noch nie Gedanken darüber gemacht hatten, wie so ein Handy die Gespräche übertrug.

»Aber das ist ja auch nicht weiter verwunderlich, nicht wahr? Ich meine, was wissen wir denn schon über die ganze Technik, die uns umgibt? Im Grunde gar nichts, oder?«, fuhr der Kommissar fort, als moderierte er eine Wissenschaftssendung im Fernsehen. »Also, ich wüsste es ja eigentlich auch nicht, wenn wir nicht unsere Techniker hätten, und die sind gar nicht so übel … Also, so ein Handy, das kommuniziert nicht mit einem Satelliten. Das wählt sich bei diesen Mobilfunkmasten ein, die man überall sieht. Man kommt dort vorbei und zack, wählt sich das Handy ein, wenn Sie verstehen.«

Holzer nickte vorsichtig. Die Richtung, die das Gespräch nahm, gefiel ihm nicht, ganz und gar nicht.

»Ja, und dieses Einwählen, sehen Sie, das wird registriert … Zumindest für eine gewisse Zeit. Und wenn man diese Daten hat, dann …« Der Kommissar sah Holzer erneut an und lächelte.

Der fühlte, wie ihm wieder eine Schweißperle auf die Stirn trat. »Dann?«, fragte er, weil er vermutete, dass das nun irgendwie von ihm erwartet wurde.

»Sie schwitzen ja, Sie Armer!«, sagte der Kommissar, der sich offenbar darin gefiel, immer wieder das Scheißthema zu wechseln. »Ich hätte meinen Leuten sagen sollen, dass sie für Sie ein leichtes Hemd mitnehmen, aber offen gestanden habe ich gar nicht so weit gedacht. Tut mir leid …«

»Dann?«, insistierte Holzer, als ob er dem Kommissar eine Prüfung abnehmen würde.

»Genau«, sagte der und sein Gesicht verlor für einen winzigen Augenblick jedes Lächeln und jede Freundlichkeit. »Dann hat man ein Bewegungsprofil. Dann wissen wir ganz genau, wo dieses Handy war … Und nicht nur das, wir wissen eben auch ganz genau, wann es da war. Interessant, nicht?« Und bei diesem »Interessant, nicht?« lächelte er schon wieder dieses kleine, feine Verräterlächeln.

LVI

»Entschuldige, du bist doch die Sabine«, sagte der junge Mann mit Motorradjacke und den schwarzen Rändern unter den Nägeln, der an ihren Schalter getreten war. Sabine sah ihn genauer an, dann erkannte sie ihn.

»Ja, bin ich, warum?«, fragte sie.

»Ich bin ein Kumpel von Thomas. Wir fahren Motorrad miteinander. Ich mache mir Sorgen um ihn …«, begann er etwas unbeholfen.

»Sorgen? Warum Sorgen?«, wiederholte Sabine, die mit einem Mal das Gefühl hatte, sie würde ersticken.

»Ich weiß nicht, wo er steckt«, erklärte Frank. »Seit Tagen weiß niemand, wo er steckt. Und weil ihr im gleichen Haus wohnt, dachte ich …«

»Oh, Gott!«, sagte Sabine so laut, dass die Müller irritiert zu ihr herübersah, und schlug sich die Hand vor den Mund.

»Wir waren verabredet, Mittwochabend«, fuhr Frank fort, als hätte er einen Text vorbereitet, den er jetzt aufsagte, »aber er ist nicht gekommen. Seitdem telefoniere ich ihm hinterher. Ich erreiche ihn nicht, und er ruft nicht zurück. Vorhin war ich bei seiner Arbeit. Die vermissen ihn auch, seit Donnerstag. Und da wollte ich wissen, ob du vielleicht …?«

»Nein, keine Ahnung!«, antwortete sie schrill, »ich

habe ihn seit Tagen nicht gesehen. Ich meine, wir sind Nachbarn, nichts weiter, deswegen habe ich mir keine Gedanken gemacht …« Sabine fühlte, wie ihr heiß wurde. Sie versuchte zu schlucken, konnte es aber nicht. Wenn ihm vielleicht doch etwas passiert war? Sie sah das zerbeulte Motorrad vor sich.

»Ja, klar …«, sagte Frank und sah zu Boden. Sabine war sich nicht sicher, wie die Bemerkung gemeint war. Sie hätte am liebsten zu weinen begonnen, sah aber aus dem Augenwinkel, wie die Müller sie beobachtete, und bemühte sich stattdessen um ein geschäftsmäßiges Lächeln.

»Wenn ich sonst noch etwas für dich tun kann?«, fragte sie.

Frank zuckte mit den Schultern. Er sah immer noch zu Boden. »Nein, ich glaube nicht«, antwortete er, drehte sich unentschlossen um und verließ die Bank. Sabine hatte das Gefühl, dass er ihr noch etwas hatte sagen wollen. Sie war versucht, ihn zurückzurufen, aber die Müller behielt ihn fest im Blick. Da ließ sie es bleiben. Die Tür hinter Frank hatte sich kaum geschlossen, da stand die Müller auch schon neben ihr.

»Wer war *das* denn?«, fragte sie abschätzig.

»Niemand«, antwortete Sabine schnell, »niemand. Nur ein Freund unseres Mieters.«

»Eures Mieters?«, wiederholte die Müller. »Und was wollte der Freund eures Mieters?« Sie hatte augenscheinlich keinesfalls vor, sich irgendetwas von dieser Geschichte entgehen zu lassen.

»Er vermisst ihn. Hat ihn wohl seit Tagen nicht gesehen …« Sabines Stimme klang hohl, wie sie es sagte. Sie bemerkte es selbst. »Und da hat er eben mich gefragt. Weil wir im gleichen Haus wohnen.«

»Aha!«, antwortete die Müller, was alles oder nichts bedeuten konnte. »Und da kommt er einfach zu dir? Die Leute sind schon seltsam heutzutage.«

»Ja«, meinte Sabine, der es aber eigentlich gar nicht seltsam schien, wenn man sich Sorgen um einen Freund machte, der seit Tagen verschwunden war.

Sie fühlte, wie der Blick ihrer Kollegin einmal an ihr hoch und wieder an ihr heruntergging. Ihr war elend, sie hätte heulen mögen.

»Geht's dir nicht gut?«, fragte die Müller mit einem feinen Lächeln.

»Doch, doch ... alles okay«, antwortete Sabine, obwohl sie sich nur mit Mühe aufrecht halten konnte, so sehr zitterten ihre Beine. Krampfhaft hielt sie sich am Pult vor sich fest.

Die Müller wandte sich zum Gehen, überlegte es sich dann aber doch noch einmal. »Dieser Nachbar«, sagte sie, »der da jetzt verschwunden sein soll, ist nicht zufällig der hübsche Junge, der da vor ein paar Tagen vor der Bank herumgelungert ist?«

»Was?«, entgegnete Sabine mit allergrößter Mühe. »Ich weiß nicht, wovon du sprichst ...«

Die Müller zögerte einen Moment. Sie schien zu überlegen, wie sie auf diese Antwort reagieren sollte.

»Nein?«, meinte sie schließlich, »dabei war ich sicher, du hättest ihn gesehen ... Du weißt doch, dieser junge Mann mit dem roten Motorrad ...«

»Ja, ja, das ist er«, sagte Sabine schnell. Es war ihr klar, dass die Müller ihre Lüge durchschaut hatte, und sie versuchte, den Schaden möglichst gering zu halten. »Also, ich meine, mein Nachbar hat ein rotes Motorrad. Und der hat neulich vor der Bank … herumgelungert?«

Die Müller nickte vielsagend, lächelte, drehte sich um und ging an ihren Arbeitsplatz zurück. Sabine sah auf die Uhr. Noch zwei Stunden bis zum Feierabend. Zwei Stunden würde sie nicht überleben, da war sie sich sicher.

LVII

Frank verließ die Bank mit dem Gefühl der Leere. Er wusste nicht mehr, was er noch tun, wo er noch suchen, wen er noch fragen konnte. Seit Mittwochabend telefonierte er Thomas hinterher und hatte x-mal auf Anrufbeantworter und Mailbox gesprochen … Nichts. Freitag, Samstag und Sonntag war er noch einmal bei Thomas zu Hause gewesen, um dort zu klingeln, einmal auch spätabends. Nichts. Er war ins Vereinsheim gegangen, um nach ihm zu fragen, zu den Jungs von der Feuerwehr … Auch da nichts. Was ihn am meisten beunruhigte, war, dass er Thomas' Ducati nirgendwo sah. Normalerweise stand sie in dessen Garage. Aber dort war sie nicht. Frank hatte durch das Garagenfenster hineinsehen können. Er fürchtete, Thomas könnte in irgendeinem Straßengraben in Frankreich liegen, die Ducati neben ihm, irgendwo, wo ihn niemand sah und finden konnte. Daher war er auch schon Thomas' Lieblingsstrecken abgefahren, um ihn zu suchen. Auch hier keine Spur von ihm, diesmal aber vielleicht zum Glück. Er hätte Thomas' Schwester und seinen Vater angerufen, wenn er eine Möglichkeit gesehen hätte, deren Nummern herauszubekommen. Leider hatte er nur eine sehr vage Vorstellung davon, wo die beiden wohnten und wie sie mit Vornamen hießen. Daher ließ er es. Als Thomas sich auch am Montag nicht meldete, ging er in seinen Betrieb. Aber dort hatte man ihn auch nicht gesehen, nicht Donnerstag, als er eigentlich wieder zur Arbeit hätte kommen müssen, nicht Freitag, nicht Montag. Man hatte angerufen, um nachzufragen, wo er blieb. Nichts.

Thomas' Vermieterin war seine letzte Hoffnung. Sie war ihm merkwürdig unbeteiligt vorgekommen. Er hatte angenommen, dass Sabine Thomas mochte, weil ihn doch die meisten Mädchen mochten, und war erstaunt über ihre kühle Reaktion. Hatte er sich wohl getäuscht.

Jetzt stand er vor der Bank und dachte nach. Neben der Eisdiele hatte es früher einen Polizeiposten gegeben, aber das war Jahre her. Jetzt war die nächste Polizeistation in Bad Krozingen, was ihm normalerweise recht war, weil die Jungs in Uniform immer wieder Stress wegen seines Motorrads machten; sie fanden irgendwie, es wäre zu laut. Aber jetzt sah er keine andere Möglichkeit mehr. Er zog seinen Helm auf, stieg auf die Maschine und fuhr nach Bad Krozingen. Was blieb ihm anderes übrig?

Der Polizist, der die Sache aufnahm, war in Franks Alter und erstaunlich nett. Frank hatte befürchtet, man würde ihn abwimmeln, wie man es im Film immer sieht, aber der hier nahm ihn ernst. Wie sich herausstellte, fuhr der Polizist selbst Motorrad; vielleicht lag es daran. Als Frank von der verschwunden Maschine erzählte, gab er das Kennzeichen in den Computer und runzelte die Stirn.

»Was ist denn?«, fragte Frank beunruhigt.

»Es ist merkwürdig …«, antwortete der junge Polizist und sah gebannt auf den Bildschirm. »Die Maschine hatte tatsächlich einen Unfall, aber offenbar wurde niemand verletzt.«

»Und wann war das?«

»Mittwoch«, antwortete der Beamte. »Am Schauinsland oben bei Notschrei.«

»Komisch«, sagte Frank und überlegte.

»Vielleicht«, sagten er und der Polizist gleichzeitig und sahen sich überrascht an. Frank zeigte auf sein Gegenüber, um ihm zu bedeuten, allein weiterzusprechen, was der auch tat. »Vielleicht wurde er doch verletzt, hat es später gemerkt und ist ins Krankenhaus gegangen.«

»Möglich, aber dann hätte er sich sicher gemeldet in der Zwischenzeit«, meinte Frank.

»Vielleicht liegt er auch bei sich zu Hause und braucht Hilfe …«

»Oder so …«, sagte Frank.

LVIII

Sabine hatte den Tag überlebt, sie wusste nicht wie. Als sie nach Hause kam, war sie so in Gedanken, dass sie gar nicht auf die beiden Motorräder achtete, die auf der Straße vor der Hofeinfahrt geparkt waren. Bedrückt schloss sie die Haustür auf und hätte im gleichen Moment schreien können vor Glück. Die Tür zu Thomas' Wohnung stand offen. Er war zurück! Danke, lieber Gott, danke!, sagte sie zu sich und stürmte sofort in die Wohnung. »Thomas, ich …«, rief sie, verstummte aber jäh, als sie in der Wohnung nicht Thomas, sondern nur Frank und einen jungen Polizisten antraf, die unschlüssig im Wohnzimmer standen und nach irgendetwas zu suchen schienen.

»Was macht ihr, ich meine, was machen Sie denn hier?«, fragte sie unschlüssig.

»Und Sie sind?«, antwortete der Polizist.

»Oh … Sabine Holzer, ich bin … ich wohne hier oben im Haus«, antwortete sie und gab ihm betont unbefangen die Hand. Sie hoffte, noch verbergen zu können, doch etwas zu frei in die Wohnung gestürmt zu sein, um nur als Nachbarin durchzugehen.

»Die Nachbarin?«, meinte der Polizist dann auch mit einem eigentümlichen Unterton und sah erst Sabine und dann Frank an.

»Die Vermieterin …«, stellte Sabine klar.

Frank nickte dem Polizisten zu und sah zu Boden, genau dahin, wo noch vor wenigen Tagen ein Teppich gelegen hatte. Ein Augenblick der Stille fiel über die drei wie ein Leintuch. Niemand sagte ein Wort, keiner schien auch nur zu atmen, niemand rührte sich. Stattdessen war der Blick eines jeden Augenpaares zu Boden gerichtet, wo irgendetwas nicht stimmte.

»Wo ist denn der Teppich?«, fragte Sabine und die Stille zerbrach.

»Welcher Teppich?«, meinte der Polizist, während Frank die Faust ballte, was so etwas wie ›Hab ich's doch gewusst‹ bedeuten mochte.

»Der Teppich, der hier lag«, antwortete Sabine und zeigte auf den Boden. »Hier lag ein Teppich, ich weiß es ziemlich sicher.«

»Sie hat recht!«, bestätigte Frank. »Hier lag ein Teppich. Das letzte Mal, als ich hier war, lag hier ein Teppich. Ich hab ihn gesehen. Deswegen kam mir das Zimmer so komisch vor.«

»Sie scheinen oft hier gewesen zu sein«, meinte der Polizist und sah Sabine dabei unvermittelt in die Augen.

»Na ja, ich bin die Vermieterin«, antwortete sie und zuckte möglichst gleichgültig mit den Schultern. »Wenn Thomas nicht da ist, gieße ich die Blumen …« Sie fühlte, wie ihr die Röte ins Gesicht stieg.

»Haben Sie einen Schlüssel?«, fragte der Polizist.

»Einen Schlüssel? Nein, den hab ich nicht. Thomas hat mir einen gegeben, wenn er wegfuhr.«

»Und Sie haben ihn zurückgegeben, wenn er zurückkam?«

»Genau.«

»Das heißt, Sie wussten es in der Regel, wenn er für ein paar Tage wegfuhr.«

»Ja, wobei ... So lange wohnen wir jetzt auch noch nicht hier im Haus. Ein bisschen mehr als ein Jahr vielleicht. Und da hab ich wohl zwei, dreimal die Blumen ...«

»Wir?«, wiederholte der Polizist.

»Äh, ja ... Ich und mein Mann. Wir wohnen in der oberen Wohnung«, sagte Sabine und zeigte dabei vage in Richtung ihrer Wohnung. »Aber er ist unter der Woche nicht da – ich meine, mein Mann ist unter der Woche nicht da.«

»Montage?«, fragte der Polizist knapp.

»Bundeswehr«, antwortete Sabine.

»Ah ...«, sagte der Polizist, dann wechselte er das Thema: »Der Teppich ...«

»Ja?«

»Was war das für ein Teppich?«

»Oh ... Ich weiß gar nicht, wie man die nennt ... Er war groß und beige mit ein paar Tieren darauf ...«

»Tiere?«

»Ja, Tiere, aber mehr so angedeutet. Antilopen oder so ... Wie gesagt, sie waren nur mit ein paar Strichen angedeutet.«

»Stilisiert«, sagte der Polizist, »ich glaube, das heißt stilisiert.«

»Möglich«, meinte Sabine und zeigte noch einmal auf den Boden. »Der Teppich lag jedenfalls hier.«

Der Polizist antwortete nicht mehr. Er sah immer noch zu Boden und schien zu überlegen. Dann begann er das Zimmer abzulaufen, den Blick starr nach unten gerichtet. Er suchte etwas, aber was es war, war Sabine nicht klar.

»Ich glaube, Sie sollten jetzt gehen«, sagte er nach einer Weile. Der Satz war in den Raum gesprochen und gleichermaßen an Sabine und Frank gerichtet, aber keiner der beiden reagierte.

»Ich muss Sie jetzt bitten zu gehen!«, sagte er hierauf etwas deutlicher und sah Frank und Sabine streng an.

»Aber ich …«, versuchte Frank zu protestieren, doch der Polizist hob nur die Hand. Er hatte entschieden, und die Entscheidung war zu akzeptieren.

Verlegen verließen Sabine und Frank die Wohnung. Sabine fühlte, wie eine unbestimmte Angst sie ergriff. Für einen Moment wollte sie mit Frank reden und ihm alles sagen. Er war Thomas' Freund, er machte sich Sorgen um ihn, wie sie sich um Thomas Sorgen machte. Er würde sie verstehen. Aber sie zögerte zu lange und der Moment ging vorüber. Sie durfte sich niemandem anvertrauen. Sie war der einsamste Mensch auf der Welt.

»Vielleicht sollten wir die Nummern austauschen?«, meinte Frank.

»Was?«, fragte Sabine. Sie verstand nicht, worauf er hinauswollte.

»Die Telefonnummern«, sagte Frank, »vielleicht sollten wir die Telefonnummern austauschen, damit wir uns gegenseitig Bescheid geben können, falls sich etwas ergibt.«

»Ja, natürlich, das ist eine gute Idee!«, sagte Sabine und holte ihr Smartphone aus der Tasche. Sie rief ihre Nummer auf dem Display auf und hielt sie Frank hin.

Der nahm sein Handy, wählte und rief sie kurz an. Noch bevor es klingelte, erschien seine Nummer auf ihrem Display.

»Jetzt hast du meine Nummer«, sagte er und zeigte auf ihr Handy.

»Ja«, antwortete Sabine. Es drängte sie noch einmal so sehr, Frank ihr Herz auszuschütten, dass sie die Zähne zusammenbeißen musste. So stand sie da, völlig versteift.

»Dann gehe ich mal«, sagte Frank und öffnete die Haustür. »Bitte ruf mich an, sobald sich etwas ergibt.«

Sabine sah, dass seine Augen gerötet waren. »Ja«, antwortete sie tonlos. Sie hatte sich noch nie so schrecklich gefühlt.

Sie ging nach oben, öffnete die Wohnungstür, verschloss sie aber wieder, ohne einzutreten. Neben der Tür gab es eine Stelle, von der sie den unteren Stock im Auge behalten, von unten aber nicht gesehen werden konnte. Dorthin stellte sie sich und starrte stumm auf Thomas' immer noch geöffnete Wohnungstür. Es dauerte nicht lange, bis der junge Polizist telefonierte. Sie konnte nicht alles verstehen, was er sagte, aber ein Wort, das hörte sie ganz genau.

LIX

Seit die Müller alleine lebte, verbrachte sie die meisten Abende vor dem Computer. Es war unglaublich, was man alles sehen und finden konnte, wenn man wollte. Sie hatte sogar schon ein- oder zweimal versucht, in das Darknet einzutauchen, dann aber an Pädophilie und Waffenhandel doch nicht genug Gefallen gefunden, um sich länger mit der Frage zu befassen, wie man sich dort bewegte, um die einschlägigen Offerten zu entdecken. Sie fand die Idee, ihren Ex zu erschießen, zwar reizvoll, aber am Ende doch nicht reizvoll genug, um sich ernsthaft mit ihrer Ausführung zu befassen. Aber Nutten, die fand man schon im World Wide Web. Es genügte, wenn man bei Google ›Escort Service‹ eingab, und schon purzelten einem die Angebote entgegen. Attraktive Begleiterin hier, sinnlicher Escort da … Nutten eben. Im Markgräflerland und am Kaiserstuhl hatte sich offenbar noch kein Begleitservice angesiedelt, in Freiburg dagegen schon dutzende. Sehr genau sah sich die Müller die einschlägigen Angebote an. Ihr Ex stand auf Dunkelhaarige mit großzügiger Oberweite, wobei er sich wie die meisten Männer nicht sehr daran störte, wenn die Frauen ein wenig billig aussahen. Nach knapp einer halben Stunde stieß sie auf eine Valeria, die ziemlich gut in dieses Beuteschema passte. Valeria arbeitete offenbar in einem Ein-Frau-Betrieb, was den Kontakt erleichtern würde, und hatte einige ziemlich offenherzige Bilder von sich auf ihre Homepage gestellt. Tatsächlich war ihr Gesicht das einzige Körperteil, das verborgen blieb. Valeria war jung, schlank und auf nuttige Art hübsch. Die Müller konnte die Fotos nicht betrachten, ohne ihren eigenen Körper zu hassen, und dies so sehr, dass dieser Hass sofort auf diese Nutte, ihren Ex und seine Schlampe umschlug. Es raubte ihr den Atem.

Sie war versucht, sich auszuziehen und vor den Spiegel zu stellen, um sich und ihren Körper gründlich zu betrachten und ihn zu verabscheuen, sosehr sie nur konnte. Die Falten in ihrem Gesicht, die schlaffe Haut am Oberarm, die hängenden Brüste, der welke Bauch und alles andere, womit sie die Natur so ungerecht, so unendlich ungerecht bedacht hatte, aber sie wusste, wenn sie das tat, würde der Abend dunkel enden, und daher hielt sie sich zurück. Stattdessen fasste sie sich ein Herz und rief sie an, diese Valeria.

»Valeria, wer spricht?«, fragte Valeria, nachdem das Telefon fünfmal geklingelt hatte. Die Stimme hatte etwas Osteuropäisches, vermutlich Balkan, dachte die Müller, was ihr aber recht war, denn vor irgend so einer Albanerin brauchte sie sich schließlich nicht zu schämen.

»Meier«, sagte die Müller, »ich hätte da mal ein Frage.«

»Ja, ich mache es auch mit Paaren«, antwortete Valeria routiniert, »150 Euro die Stunde. Spielzeug besorgt ihr …«

»Das wollte ich jetzt gar nicht wissen …«, meinte die Müller.

»Oh, sorry«, sagte Valeria, »weißt du, normalerweise wenn eine Frau anruft …«

»Schon verstanden«, sagte die Müller, die schließlich nicht von gestern war, »es geht um etwas anderes.«

»Perverse Sachen mache ich nicht«, meinte Valeria, die nun ihrerseits der Müller ins Wort fiel. Die hätte am liebsten aufgelegt, übte sich aber in Geduld.

»Nichts Perverses!«, versicherte sie so ruhig sie nur konnte.

»Also was?«

»Du sollst jemanden verführen«, antwortete die Müller.

»Verführen?«

»Genau, du sollst jemanden ins Bett bekommen, verstehst du?«

»Klar, und wen?«

»Meinen Ex …«, meinte die Müller trocken.

»Echt jetzt? Wieso das denn?«

»Nur so, ich will ihm ein kleines Geschenk machen.«

»Ein Geschenk, deinem Ex? Ist ja voll süß …«

»Genau«, meinte die Müller, die sich am liebsten übergeben hätte.

LX

›Spurensicherung‹, das war das Wort, das Sabine ganz genau wahrgenommen hatte. Was es aber bedeutete, war ihr nicht sofort klar. Sie hörte das Wort und verstand es auch, aber worauf es wies, blieb ihr verborgen. Es war, als sperrte sich das Wort dagegen, verstanden zu werden. Wie betäubt ging sie in ihre Wohnung, in die Küche, wo sie den Esstisch abwischte und die Spülmaschine ausräumte. Erst nachdem das erledigt war, kam es ihr merkwürdig vor, dass sie den Haushalt in einem ihrer neuesten Betty-Barclay-Kostüme versorgte. Sie ging also ins Schlafzimmer, um sich auszuziehen. Als sie dort ihre Jacke abgelegt hatte, hatte sie vergessen, weshalb sie ins Schlafzimmer gegangen war, und vermisste ihre Handtasche. Sie sah im Flur nach, im Bad, im Gästezimmer und im Wohnzimmer, fand sie aber nicht. Wie immer in solchen Momenten der Verwirrung, bemühte sie sich, sich zu erinnern, wo sie sie zuletzt gesehen hatte. Es fiel ihr aber nicht mehr ein. Noch einmal ging sie in alle Räume, um nach ihrer Handtasche zu suchen, und sah an allen Stellen nach, wo sie sie normalerweise ablegte. Im Flur neben der Kommode und an der Garderobe, in der Küche auf der Sitzbank, im Gästezimmer auf dem Gästebett, im Schlafzimmer neben ihrem Schminktisch, der eigentlich ein Sekretär war. Aber die Tasche fand sich nicht. Dafür sah sie die Jacke ihres Kostüms auf dem Ehebett liegen und wunderte sich, dass sie sie so achtlos hingeworfen haben konnte. Normalerweise ging sie sehr sorgsam mit ihren Kleidern um. Also hängte sie das Oberteil auf einen Bügel und verstaute es im Kleiderschrank. Da dämmerte ihr, dass sie noch immer ihr Businessoutfit anhatte, und sie zog sich etwas Bequemeres an. Während sie ihr Kostüm im Schrank versorgte, fiel ihr dieses Wort wieder ein – Spurensicherung. Das hatte für sie etwas mit Fernsehen zu tun, nicht mit ihr selbst, ihrem Haus oder ihrem Leben. Sie dachte an eine Sendung, die sie gerne sah, Medical Detectives, in der es immer wieder um Spurensicherung ging. Aber sie begriff nicht, was die Medical Detectives mit Thomas' Wohnung zu tun haben könnten. Am liebsten hätte sie jetzt ihren Mann angerufen und ihn gefragt. Vielleicht gab es bei der Bundeswehr ja auch so etwas wie eine Spurensicherung? Aber sie sah ein, dass das nicht ging. Ihr Mann und Thomas, die beiden sollten sich nicht zu nahe kommen. Nicht im Leben, nicht in ihren Gedanken, nicht in ihren Gesprächen. Sie konnte Dieter nicht sagen, dass da in Thomas' Wohnung irgendetwas vorging, obwohl es das Natürlichste der Welt war.

Sie ging in die Küche zurück, um sich etwas zu essen zu machen. Natürlich hatte sie keinen Appetit, aber sie hoffte, es könnte sie auf andere Gedanken bringen, wenn sie etwas aß. Sie trank ein Glas Apfelschorle und zwang sich, ein belegtes Brot zu essen. Aber nach dem dritten Bissen war es ihr schon verleidet. Also warf sie den Rest weg und wollte den Teller in die Spülmaschine stellen. Als sie sie öffnete, entdeckte sie ihre Handtasche. Da war ihr klar, sie war völlig, völlig durch den Wind.

Es mochte eine Stunde vergangen sein, als zwei Fahrzeuge in den Hof einfuhren, ein Polizeiwagen und ein unauffälliger grauer Passat. Dass sie in den Hof fuhren, vermutete Sabine dabei nur, denn sie konnte ihn von der Küche aus nicht einsehen. Aber die Fahrzeuge waren die Straße vor dem Haus so langsam abgefahren, dass sie sich sicher war, sie würden gleich in den Hof einbiegen. Sie sah den Nachbarn von gegenüber, der in seinem Garten werkelte und mehr oder weniger verstohlen aufblickte, als er die Polizeiwagen entdeckte. Ein Fußgänger auf dem Weg nach wohin auch immer kam den Gehweg entlang, machte langsamer, nahm seine Mütze ab und kratzte sich am Kopf.

Sabine schlich sich aus der Wohnung und stellte sich wieder in den Flur, genau an die Stelle, von der sie die Tür zu Thomas' Wohnung im Blick hatte, ohne dabei selbst gesehen zu werden. Unter ihr war ein Kommen und Gehen. Zwei Männer in Zivil trugen zwei Pilotenkoffer und eine große Stehlampe in die Wohnung. Sie waren in Begleitung zweier uniformierter Polizisten, die mit wichtiger Miene neben ihnen herliefen, ihren Kollegen aber aus irgendeinem Grund nicht zur Hand gingen. Nicht lange und sie waren alle in der Wohnung, wo sie sich offenbar mit dem jungen Polizisten unterhielten, der sie gerufen hatte. Sabine konnte nicht verstehen, was sie sagten, obwohl die Tür zu Thomas' Wohnung noch immer offen stand. Sie widerstand der Versuchung, nach unten zu gehen, um zu lauschen, fand jedoch, es sei eine gute Idee, ihren Abfall hinunterzubringen. Schließlich musste das auch mal erledigt werden, und Dieter, der dafür sonst zuständig war, war nun mal nicht da. Das gab ihr Gelegenheit, mit einem halb vollen Sack Müll in der Hand langsam an der offenen Wohnungstür vorbeizuschleichen, und tatsächlich schnappte sie dabei auch einige Wortfetzen auf. Das Wort *Teppich* hörte sie ganz deutlich, ein anderes hörte sich wie *Schleifspur* an und ein drittes wie … Sie hörte Schritte, die auf sie zukamen, und machte sich schnell auf den Weg nach draußen. Der Polizeiwagen und der graue Kombi standen genau so im Hof, wie sie es erwartet hatte. Bei dem Passat war sogar noch die hintere Kofferraumtüre offen, was Sabine an irgendetwas erinnerte, aber sie wusste in dem Moment beim besten Willen nicht, woran.

LXI

»Ja«, sagte der Kommissar, »und so ein Bewegungsprofil haben wir auch für dieses Handy erstellt. Und wissen Sie, was es ergeben hat?«

Holzer schüttelte den Kopf.

»Es hat sich herausgestellt, dass das Handy vorletzten Mittwochabend nicht in der Nähe der Kaserne oder der Pizzeria Bella Italia war. Es ist bewegt worden, und zwar von der Kaserne über Meßkirch, Tuttlingen, Freiburg bis zu Ihnen nach Hause. Sind Sie immer noch sicher, dass Sie nicht auf den Anwalt warten wollen?«

Holzer schloss die Augen. Der Kommissar stand auf und brachte ihm ein Glas Wasser. Er sah Holzer aufmerksam und immer noch freundlich an. Nachdem er das Glas vor ihm auf den Tisch gestellt hatte, legte er ihm die Hand auf die Schulter. Holzer hätte sich dem Polizisten am liebsten um den Hals geworfen.

»Anwalt?«, fragte der Polizist nach einer Weile noch einmal, aber Holzer schüttelte wieder nur stur den Kopf.

»Ich brauche keinen Anwalt«, antwortete er, »ich habe nichts getan.« Dass das nicht gerade sonderlich glaubwürdig klang, war ihm klar.

Der Kommissar seufzte und setzte sich wieder. Er blieb stumm und gab Holzer Zeit, sich wieder zu fan-

gen. Der wischte sich nach einer Weile den Schweiß von der Stirn und biss die Zähne zusammen.

»Ich sagte doch, ich hatte das Handy nicht. Meine Frau muss es gehabt haben. Vielleicht fragen Sie sie einfach«, meinte er.

»Nach allem, was ich weiß, befindet sich Ihre Frau gerade in der Psychiatrie in Emmendingen«, erwiderte der Kommissar trocken.

»Na und?«, bellte Holzer ihn an, »fragen Sie sie trotzdem! Sie hatte das Handy, Sie werden sehen. Sie hatte das Handy.«

»Dann hätte Sie das Handy von Stetten hierhergefahren?«, fragte der Kommissar geduldig.

»Genau!«, antwortete Holzer schnell. »Fragen Sie sie doch einfach.«

»Okay«, sagte der Kommissar, »ich frage sie.«

LXII

In der Nacht schlief Sabine nicht. Ein warmer Westwind wehte um das Haus und ließ ihr keine Ruhe. Er griff wild in die Baumkronen, blies in alle Ritzen, spielte mit den Fensterläden und wirbelte, wirbelte um das menschenleere Haus, als wollte er es wegreißen. Sabine kamen Bilder von alten Trickfilmen in den Sinn, in denen der Sturm Menschen und Häuser bis in fremde Länder trug. Sie schloss ängstlich alle Fenster und kurbelte die Jalousien herunter, aber die Geräusche ließen sich nicht aussperren. Ging da vielleicht eine Tür? Waren da nicht Schritte?, fragte sie sich immer wieder und rannte mindestens dreimal ins Treppenhaus, um nachzusehen, ob er vielleicht doch gerade zurückkam, weil, weil, weil es ein Irrtum sein musste, dass ihm irgendetwas geschehen war. Ein IRRTUM, ein schreiender Irrtum! Es ging nicht anders, weil nicht vorstellbar sein konnte, dass jemandem, der so jung und so voller Leben und voller Glück war, so plötzlich und ohne jede Ankündigung etwas zustoßen konnte. Nicht Thomas, so hübsch und fröhlich, dass das Unglück einen großen Bogen um ihn schlagen musste, weil es eben einfach nicht richtig war, dass ein so junger Mensch, der gerade erst aufblühte, plötzlich gestoppt würde in dieser Blüte und herausgerissen aus diesem Leben. Nicht hier, nicht hier auf dem Dorf, wo alles so gemütlich war, so ruhig, wo die Tage vergingen, wie Honig von einem Löffel tropft, zäh und langsam und süß, und sich gar nichts änderte, Tag um Tag nicht und nicht Woche für Woche und nicht Jahr für Jahr.

Wie oft schon hatte sie sich gewünscht, in der Stadt zu wohnen, dort wo das Leben pulsierte, wo die Menschen durch die Straßen hetzten, wo es laut zuging und aufregend und ein wenig gefährlich? Und wie froh war sie jetzt, dass sie im Dorf geblieben war! Denn hier konnte ihrem Thomas nichts, nichts, nichts geschehen sein! Ja, manche Entscheidungen tragen in sich einen tieferen Sinn. Wenn sie irgendwo hoffen durfte, wissen durfte, dass ihrem Thomas nichts geschehen war, obwohl angeblich so viel dagegen sprach, dann hier … Sabine versuchte, diesen Gedanken festzuhalten und tief in die Unruhe ihrer Seele zu pflanzen. Und so, mit diesem Gedanken, lag sie in ihrem Bett und schloss fest die Augen. Aber der Wind gab nicht nach und die Unruhe wurde nicht schwächer, und sie wälzte sich hin und her in ihrem breiten Bett, in dem sie doch noch vor Kurzem mit ihrem Mann zusammen gewesen war. Und die Bilder dieser Nacht, das Verlangen, mit dem ihr Mann ihr begegnet war, trieben ihr wieder Thomas in den Sinn. Und sie erinnerte sich, wie sie noch vor wenigen Tagen völlig nackt und unsagbar glücklich neben ihm gelegen und ihm, der matt und zufrieden eingeschlafen war, den Rücken und den Po gestreichelt hatte, die Haut, so zart wie die eines Knaben, und wie er leise erbebte, als sie zart diese Stelle berührte, wo die beiden Pobacken in das Kreuz übergingen. Und dieses Erzittern hatte sie so gerührt, dass sie die Hand zurückzog und sich stattdessen zu ihm hinunterbeugte, um ihn gerade da an dieser Stelle ganz mit Küssen zu bedecken. Und dann kam ihr wieder ihr Mann in den Sinn, wie er sie neulich so männlich und fordernd an sich gezogen hatte und die Bilder jener Nächte und die Erinnerungen an die beiden Männer und die deren Berührungen und Körper vermischten sich in ihrem Geist, und sie wusste nicht mehr aus noch ein, und zum ersten Mal in ihrem Leben hasste sie sich selbst.

LXIII

Dieter dagegen schlief wunderbar, einen tiefen, zufriedenen, traumlosen Schlaf. Er war am Abend noch einmal mit Steffi unterwegs gewesen, um bei ein paar Bierchen ihre frisch entstandene Freundschaft, vor allem aber Steffis Loyalität zu festigen, und hatte deswegen nicht die Spur eines schlechten Gewissens. Im Gegenteil: Das Spiel auf dieser Klaviatur gehörte zum neuen Holzer, zu dem Holzer, zu dem er geworden war, zu dem, der nunmehr Hammer war und nicht mehr Amboss. Und natürlich war Steffi ihm den ganzen Abend mit seiner Ludmilla und ihrem traurigen Schicksal in den Ohren gelegen und hatte ihn gefragt, wie er das am besten anstellen könnte, Ludmilla aus diesem Bordell herauszubekommen, denn die Vorstellung, dass sie dort Tag für Tag mit anderen Männern schlief, war für ihn natürlich ganz und gar unerträglich. Holzer hatte ihn angelächelt und ihm Mut zugesprochen, wobei er gleichzeitig daran dachte, wie Ludmilla sich neulich über den kleinen Steffi und seinen vorzeitigen Samenerguss lustig gemacht hatte. Was für ein Trottel, dachte er! Wobei, wenn er es recht überlegte, so ein Trottel oder fast genauso ein Trottel war er ja früher selbst gewesen, nicht wahr, und während er hierüber nachsann, bekam er fast ein wenig Mitgefühl – mit dem alten Holzer, nicht mit Steffi.

Als die Kneipe dann schloss, überlegten sie kurz, vielleicht noch einen kleinen Abstecher ins Pascha zu unternehmen, aber Steffi wollte nicht recht. Wieso? Das war Holzer nun wirklich völlig egal.

Und jetzt schlief er. Schlief wunderbar, schlief einen zufriedenen Schlaf, und wer ihn dabei beobachtet hätte, hätte ein Lächeln gesehen auf seinem Gesicht, ein Engelslächeln, wie das Lächeln eines Babys.

LXIV

Sie ging zur Arbeit, obwohl sie völlig übernächtigt war. Sie wusste, sie würde keinen klaren Gedanken fassen können, hoffte aber, es würde sie zumindest ablenken, wenn sie sich ihren Zahlen und Papieren widmete. Kaum hatte sie ihr Auto abgestellt und war ein paar Schritte über den Parkplatz in Richtung Bank gegangen, fühlte sie, wie die Leute sie anstarrten. Die einen mit einem fragenden, die meisten aber mit einem abschätzigen Blick. Sie wussten es, sie wussten, dass Thomas verschwunden war und die Polizei ihn suchte. Es hatte sich herumgesprochen in nur einer Nacht, von Nachbar zu Nachbar, von Vereinsmitglied zu Vereinsmitglied, so schnell, wie sich eben nur in einem Dorf eine Nachricht verbreiten konnte – wie Feuer sich mitteilte von Haus zu Haus: »Der Thomas ist verschwunden, stellt euch vor, der Thomas! Und die Polizei sucht ihn, die Polizei, stellt euch vor!« Und sie alle ahnten, dass sie etwas damit zu tun hatte, jung wie sie war, hübsch wie sie war, weiblich wie sie war. Eine Sünde auf zwei Beinen, rotblond noch dazu. Sabine ärgerte sich für einen Moment, dass ihr offenbar *alle* zutrauten, untreu zu sein, aber diesmal dauerte der Ärger nicht lange, dafür war alles zu dunkel …

Sie war kaum in der Bank, da stürmte auch schon die Müller auf sie ein.

»Stimmt es, dass dein Nachbar verschwunden ist?«, fragte sie ganz aufgeregt. Und Sabine nickte.

»Warst du deswegen gestern so bedrückt?«, fragte sie weiter, und Sabine nickte abermals.

Die Müller aber lächelte.

LXV

Als der alte Bauer Thomas' Foto in der Zeitung sah, fühlte er sich müde, unendlich müde. Er schloss für einen kurzen Moment die Augen und wäre am liebsten eingeschlafen, so erschöpft war er, so zerschlagen. Obwohl Thomas bisher nur als vermisst galt, fühlte der Bauer, dass wenig Hoffnung blieb. Der Tod war ihm zu oft schon begegnet, als dass er noch glauben würde, er könnte je irgendjemanden verschonen, der in seine Nähe gekommen war. Es lag an ihm, daran bestand kein Zweifel. Er trug den Tod in sich wie andere Leute eine ansteckende Krankheit, die sie weitergaben, ohne dass sie bei ihnen selbst ausbrach. Er musste einen nur ansehen und sich ein wenig um ihn sorgen, so wie er diesen Jungen angesehen und sich um ihn gesorgt hatte, da sprang der Tod schon über. Er hätte sich das Leben nehmen müssen, damals als der Sohn starb, dann hätte seine Frau überlebt und jetzt auch dieser Junge. Dann wäre der Tod zufrieden gewesen. Nur weil er es nicht geschafft hatte, in den Strick zu springen, holte der sich jetzt alle um ihn herum. Soll ich denn nichts Liebes …?, dachte er, gebot dem Gedanken aber gleich Einhalt.

Er stand auf und ging zum Telefon, um die Nummer anzurufen, die in der Zeitung stand. *Sachdienliche Hinweise, Polizeirevier Bad Krozingen*. Er wählte und der Zufall wollte es, dass er den jungen Polizisten an die Leitung bekam, der Thomas' Verschwinden ernst genommen hatte.

»'s isch wegen dem junge Kerle us de Ziddig«, sagte der Bauer in breitestem Dialekt und erklärte dem Polizisten dann, was sich zugetragen hatte. Erzählte vom Unfall, vom Motorrad, das noch in seiner Scheune stand, vor allem von der schönen jungen Frau, die Thomas abgeholt hatte, ihm aber nicht gehörte.

»Können Sie sich an den Namen erinnern?«, fragte der Polizist. Aber der Bauer verneinte.

»Und wie sah sie aus?«, fragte er, worauf der Bauer Sabine so deutlich beschrieb, wie er es konnte. Durch das Telefon hörte er, wie sich der Polizist Notizen machte.

»Wisse Sie, wer sie isch?«, fragte der Bauer zum Schluss und »ich glaube schon«, antwortete der junge Polizist.

LXVI

Donnerstag waren sie bei ihm und bei ihr. Getrennt wurden sie vernommen, er in der Kaserne, sie bei sich zu Hause. Ob sie etwas wüssten über das Verschwinden des Mieters? »Nein, gar nichts«, sagte sie und biss sich auf die Lippen, »Keine Ahnung«, antwortete er und lehnte sich zurück. Ob sie ihrem Mieter nähergestanden habe, fragte sie einer, es gäbe da ein Gerücht. »Aber nein!«, antwortete sie empört, wie man nur so etwas behaupten könne, sie sei schließlich verheiratet. Das bedeute ihr etwas. Sie sei nicht so eine.

Ob er davon gehört habe, dass seine Frau vielleicht mit dem jungen Mann ... Die Leute redeten im Dorf. »Meine Frau? Nie und nimmer. Für meine Sabine lege ich die Hand ins Feuer!«, antwortete Holzer mit breitem Grinsen. »Sie wissen doch, die Leute reden immer.«

Ob ihr Mann eifersüchtig sei? »Wieso? Ich gebe ihm keinen Grund dazu.«

»Wo waren Sie denn letzten Mittwoch? Entschuldigen Sie die Frage, reine Routine.«

»Mittwoch, letzte Woche? Lassen Sie mich nachdenken ... Ah, jetzt weiß ich es wieder. Ich war mit meinem Kameraden Stefan Mährer unterwegs. Er hatte Geburtstag und ich habe ihn zum Essen eingeladen, zum Italiener um die Ecke. Bella Italia – schönes Lokal.«

»Und Herr Mährer wird das bestätigen?«

»Aber ja. Er ist in der Kaserne. Fragen Sie ihn am besten gleich.«

»Und wie lange waren Sie in der Pizzeria?«

»Zehn, halb elf. Ich hab nicht auf die Uhr gesehen. So um den Dreh.«

»Und von der Pizzeria sind Sie direkt in die Kaserne?«

Holzer sah zur Seite und runzelte die Stirn. »Ist das wichtig?«, fragte er zögerlich, wie einer, der diese Frage jetzt nicht so gerne beantworten möchte.

»Ich denke schon«, antwortete der Polizist.

»Ich kann mich auf Ihre Diskretion verlassen?«, fragte Holzer verlegen. »Ich meine von Mann zu Mann?«

»Solange es nichts mit dem Fall zu tun hat.«

»Na ja … Wir haben noch ein wenig weitergefeiert. Es gibt da so einen Laden, ein Etablissement, wie der Franzose sagen würde.«

»Ein Etablissement?«, wiederholte der Polizist, der sich in der Gegend offenbar nicht auskannte.

»Das Pascha«, antwortete Holzer. »Und wenn Sie das jetzt nicht gerade meiner Frau auf die Nase binden würden, wäre ich Ihnen sehr dankbar.«

»Und da können wir dann auch nachfragen?«

»Sicher – wobei ich jetzt nicht weiß, ob die da über ihre Kunden allzu gerne Auskunft geben.«

»Nein, vermutlich nicht«, antwortete der Polizist und lachte anzüglich. War eben auch ein Mann, da versteht man sich, dachte Holzer und streckte sich selbstsicher. Lief alles wie geschmiert. Klare Notwendigkeit.

»Hätten Sie etwas dagegen, wenn wir eine Speichelprobe von Ihnen nehmen?«, fragte der Polizist. »Reine Routine.«

»Nein, gar nicht«, antwortete Holzer.

»Okay«, sagte der Polizist, stand auf und bat Holzer, den Mund zu öffnen. Dann zog er ein Wattestäbchen aus einem Röhrchen und nahm damit einen Abstrich aus Holzers Mund und Rachen. »Das war's auch schon …«, schloss er wie ein freundlicher Arzt und steckte das Stäbchen in das Röhrchen zurück. Der Polizist schloss sein Notizbuch und ließ sich von Holzer den Weg zu Steffis Stube beschreiben. Kein Zweifel, dass er gleich zu ihm gehen würde, um sich Holzers Alibi bestätigen zu lassen, kein Zweifel, dass Steffi ihn wie versprochen decken würde. Holzer hatte gestern noch einmal lange mit ihm über Freundschaft gesprochen und was sie bedeutete … Nichts leichter, als so einen Verlierer vor den eigenen Karren zu spannen.

Sabine blieb wie erschlagen zurück. Der Beamte war sehr freundlich zu ihr gewesen, und sie war sich sicher, dass er ihr die kleine Notlüge abgekauft hatte, aber die Fragen waren nicht spurlos an ihr vorbeigegangen. Da hatte sie etwas gestreift, gestreift wie eine Wasserpflanze beim Schwimmen in einem dunklen See, und hatte ein Schaudern in ihrer Seele hinterlassen.

Es war früher Abend. Der Frühsommer verwöhnte das Land in diesem Jahr. Sabine trat auf die von der Abendsonne beschienene Terrasse. Trotzdem fror sie. *Strawberries, cherries and an angel's kiss in spring* … Sie wusste nicht, wieso ihr dieses Lied einfiel. Während sie es vor sich hin summte, liefen ihr Tränen über die Wangen; sie wusste nicht warum.

LXVII

Valeria war, wie es sich herausstellte, keine Albanerin, sondern Russin und alles, was die Müller hasste. Sie war jung, großbusig – so großbusig, dass da offensichtlich ein Chirurg seine Hände im Spiel gehabt hatte – und aufgedonnert wie nur eine Russin es sein konnte; man sah ihr die Nutte auf 20 Meter Entfernung an. Aber sie hatte ihren Job gemacht, was sie der Müller mit einem zwar unscharfen, aber trotzdem ziemlich eindeutigen Film und einem gewissen professionellen Stolz bewies. Die Müller sah ihren Ex, sah, wie er seine Hände auf diese übergroßen Plastikbrüste legte und sie knetete wie ein Bäcker den Teig. Sie geriet darüber so in Zorn, dass sie am liebsten das Handy genommen und Valeria damit den Schädel eingeschlagen hätte, diesem ekelhaften, billigen, russischen Flittchen. Wie konnte ihr Mann ihr so etwas nur antun? Wie tief konnte er sinken, nach allem, was sie ihm gegeben hatte?

Sie schloss die Augen und versuchte, sich zu beherrschen, aber es fiel ihr schwer. Valerias Film lief weiter und die Müller hörte, wie das Flittchen mit IHREM MANN sprach und ihn »grrross und starrk« nannte mit ihrem fürchterlichen, lächerlichen Russen-Nutten-Akzent.

»Was ist?«, fragte Valeria und lächelte anzüglich. »Gefällt dir nicht?«

»Doch«, antwortete die Müller mit letzter Beherrschung, »doch. Ich brauche nur ein Foto davon. Ein einziges genügt. Können Sie das machen?«

»Kostet extra …«, antwortete Valeria nur und zuckte mit den Schultern. Die Müller spürte, wie das Flittchen innerlich über sie triumphierte. Das Handy lag griffbereit. Sie musste nur die Hand ausstrecken.

»Natürlich, wie viel?«, sagte sie und lächelte.

»50 Euro – und ohne mein Gesicht; man mich nix erkenn' auf Foto«, antwortete Valeria.

»50 Euro«, antwortete die Müller. »Zahlbar bei Lieferung.«

»30 jetzt, 20 bei Lieferung«, sagte Valeria.

»20 jetzt, 30 bei Lieferung«, schloss die Müller. Das war sie sich schuldig. Immerhin arbeitete sie bei einer Bank.

LXVIII

Holzer hatte von der Polizei nichts mehr gehört, weshalb er sicher sein konnte, dass Steffi dichtgehalten hatte. Damit das so blieb, war er Freitagabend noch einmal mit ihm im Pascha, wo man den Kleinen allerdings beinahe rausgeschmissen hätte, weil er unten an der Bar vor allen Gästen eine Szene gemacht hatte, als Ludmilla sich anschickte, mit einem ihrer Stammfreier aufs Zimmer zu gehen. Der Wirt, fast zwei Meter groß und sicher drei Zentner schwer, packte den kleinen Mann darauf am Kragen und drohte, ihn die Kellertreppe hinunterzuwerfen, wenn er nicht augenblicklich die Klappe hielt, was der, verängstigt und keinesfalls lebensmüde, auch gleich versprach, weshalb der Wirt ihn wieder auf den Boden stellte und Steffi zu weinen anfing.

Holzer schämte sich für seinen Kumpel, schnappte ihn und brachte ihn raus, wo er ihm klarzumachen versuchte, dass er sich wegen einer Nutte doch keinen Kopf machen solle, aber Steffi heulte Rotz und Wasser. Erst nach einer halben Flasche Whisky, die Holzer dem Wirt für 100 Euro abgeschwatzt hatte, war er fürs Erste halbwegs beruhigt und bedankte sich, weil Holzer ein richtiger Freund war, sein einziger richtiger Freund, der einzige auf der ganzen Welt. Mit diesen Worten schlief er auf dem Beifahrersitz ein.

Samstagmorgen fuhr er dann, wie an jedem freien Wochenende, nach Hause. Wie immer packte er seine Wäsche, warf den Seesack mit der immer gleichen Bewegung in den Kofferraum seines 3er-BMW, startete und machte sich auf den immer gleichen Weg, blinkte an den gleichen Abzweigungen, bremste in denselben Kurven. So wie letztes Wochenende und das Wochenende davor und das davor. Nur eines war anders. Diesmal fragte er sich, was ihm zu Hause begegnen würde. Nicht wegen der Bullen, die machten ihm weniger Sorgen. Das Verschwinden dieses Trottels hatte man bemerkt, das war zu erwarten gewesen. Was ihn beschäftigte, wer ihn beschäftigte, war Sabine. Wie hatte sie darauf reagiert, dass ihr kleiner Stecher verschwunden war, und wie würde sie ihn empfangen? Übernächtigt und mit verweinten Augen? Und wie würde er darauf reagieren? Sabine hatte ihn nicht angerufen. Sie telefonierten zwar ohnehin selten, aber wenn der eigene Mieter verschwand und von der Polizei gesucht wurde, dann war das normalerweise schon ein Grund für Eheleute zu telefonieren. Aber Sabine hatte ihn nicht angerufen und das war seltsam – fand Holzer.

Er parkte wie immer im Hof vor seiner Garage, schnappte seinen Seesack und ging, weil das Wetter noch so schön war, um das Haus herum zur oberen Terrasse. Und dort saß sie, in einem leichten Sommerkleid an einem mit ihrem besten Porzellan gedeckten Tisch bei Obstkuchen und Kaffee und – erwartete ihn.

»Oh, das ist aber eine schöne Begrüßung«, sagte er völlig verblüfft und mit einem ehrlichen Lächeln im Gesicht, das bis in die Augen ging, denn er liebte, liebte

Kaffee und Kuchen, vor allem Obstkuchen. Da konnten ihm die Itaker mit ihren Spaghetti und die Argentinier mit ihren Steaks gestohlen bleiben; deutscher Kaffee, deutscher Kuchen – es gab nichts Besseres.

»Ja«, sagte Sabine und sprang auf, um ihm sofort einen Kaffee einzuschenken, »ich weiß doch, dass du das so magst«, und gab ihm – die Thermoskanne noch in der Hand – einen ehelichen Kuss auf die Wange. Dann deutete sie ihrem Gatten, Platz zu nehmen, servierte ihm ein Stückchen Erdbeertorte und tat einen Klecks mit Vanillezucker verfeinerter Sahne dazu.

Holzer aß und trank und fühlte sich wie im Paradies. Er hatte sich, wenn er ehrlich war, nie sehr viel von der Ehe versprochen. Geheiratet hatte er, weil es dazugehörte, und es ohnehin irgendwann einmal jeden traf. Dass Sabine seine Frau geworden war und nicht die Freundin, die er davor hatte, war mehr oder weniger dem Zufall geschuldet. Da machte er sich nichts vor, auch wenn ihm Sabine unterm Strich besser gefiel als die davor, die allerdings in Puncto Oberweite vorne lag. Aber jetzt, Kaffee und Kuchen, das war was. Wenn die Ehe dafür erfunden worden war, dann konnte er damit zufrieden sein.

»Und, war irgendwas die Woche?«, fragte er zwischen zwei Bissen, wie man eben so fragte, wenn man sich ein paar Tage nicht gesehen hat.

»Ja, stell dir vor!«, antwortete Sabine ein wenig aufgeregt, »der Thomas ist verschwunden. Die Polizei war sogar da. Die vermissen ihn seit über einer Woche. War nicht im Betrieb, war nicht mehr bei der Feuerwehr. Einfach verschwunden!«

»Weiß ich schon«, antwortete Holzer gönnerhaft und nahm sich noch ein Stückchen Kuchen. »Der taucht wieder auf. Liegt jetzt wahrscheinlich auf Malle am Ballermann und lässt sich volllaufen. Das gibt's bei uns in der Kaserne jeden Tag.«

»Meinst du?«, fragte Sabine, und Holzer glaubte, Erleichterung herauszuhören aus dieser Frage. »Dann wird er aber einiges zu hören kriegen, sobald er wieder auftaucht. Gab 'ne ganz schöne Aufregung hier wegen ihm.«

»Ich meine nicht nur, ich bin mir sicher. Wir haben solche Jungs dutzendweise. Die müssen sich noch die Hörner abstoßen. Das ist eben so. Der hat jetzt ein Mädel links, ein Mädel rechts im Arm. Männer sind eben Männer.«

»Ach«, sagte Sabine ein wenig spitz, »und das findest du normal? Warst du etwa auch mal so? Ein Mädel links, ein Mädel rechts?«

»Na, ich war ja auch mal jung«, antwortete Holzer mit einem kleinen Lächeln und der Hoffnung, mit dieser Antwort nicht den Nachmittag verdorben zu haben, der gerade so schön begonnen hatte. Und tatsächlich zog Sabine eine kleine Schnute, so wie sie es praktisch immer tat, wenn die Rede auf irgendwelche früheren Frauengeschichten von Holzer kam. War schon ein komisches Ding mit den Weibern, dachte er. Da konnten sie einen monatelang betrügen, und wenn dann irgendetwas von einer von früher aufpoppte, wurden sie eifersüchtig.

LXIX

Sie wurde die Bilder nicht los, sie bekam sie nicht aus ihrem Kopf. Obwohl es noch hell war, trank sie schon den dritten Whisky. Das letzte Glas ex – ex auf den Ex sozusagen. Und dann schenkte sie sich noch einen vierten ein, drei Finger breit und ohne Eis. Und noch einmal ex auf den Ex. Das war jetzt ihr Trinkspruch, dachte sie. Ihr ganz persönlicher Trinkspruch. Aber es half nicht. Die Bilder stürmten auf sie ein. Sie drängten sich auf und stellten sich vor sie hin, damit sie sie ansah, gleichgültig, ob sie die Augen geschlossen oder geöffnet hatte. Die Bilder blieben. Sie sah: aufgeblasene Brüste. Sie sah: Hände, die diese Brüste kneteten. Sie sah: das Gesicht ihres Mannes. Denn das war er: *ihr Mann*, ihrer. Egal, ob er jetzt mit der anderen da ein Kind hatte, egal, ob er diese Nutte fickte – ja, FICKTE, dachte sie empört, weil es dafür, was er da tat, kein anderes Wort gab, und sie dachte dieses Wort nicht nur, sie schrie es in sich hinein.

Hätte sie sich vielleicht auch ein solches Paar Brüste machen lassen sollen? Solche Silikon-Kunsttitten, wie man sie heute in jedem Porno sah? Zweimal 3.000 Euro. Sie hatte sich erkundigt. So viel kosteten die Dinger bei einem guten Freiburger Schönheitschirurgen. Wären eine gute Investition gewesen, die zweimal 3.000 … Die Männer sind alle so dumm!!

Sie konnte nicht anders, sie zog sich aus und stellte sich vor ihren Schlafzimmerspiegel. Sie hätte es nicht tun sollen, hätte nicht hinsehen sollen, so sehr schämte sie sich für das, was sie da sah: für ihre kleinen Brüste, den aufgeblähten Bauch, die dürren Beine … Sie sah sich an und fand sich so abstoßend, dass sie beinahe Verständnis dafür hatte, dass sie abserviert worden war, aber nur beinahe, denn ihr Verständnis endete, wo die Regeln begannen. Und die besagten, dass ein Mann seine Frau nicht verließ. Die Frau konnte den Mann verlassen, etwa wenn er trank oder wenn er sie betrog oder wenn er sie schlug. Aber da Frauen das umgekehrt nicht taten, hatten die Männer zu bleiben. Punkt.

Sie versuchte, sich vorzustellen, wie sie wohl mit solchen Silikontitten aussähe, fand aber, dass die weder zu ihrem faltigen Bauch noch zu ihren Oberschenkeln passen würden. Wenn sie etwas machen ließ, dann musste das also gleich miterledigt werden, Generalsanierung: Titten, Bauch, Beine. Dann konnte das durchgehen. Aber was machte sie dann mit ihrem Gesicht? Es ging ja nicht an, dass sie untenrum wie eine Pornodarstellerin und im Gesicht wie eine vertrocknete Jungfer aussah. Das passte nicht. Musste man wohl auch etwas machen. Falten glätten, Lippen aufspritzen … Ging ja heute so viel, ging ja heute praktisch alles, wenn man nur genug Geld auf den Tisch legte. Und genug Geld hatte sie eigentlich … Hatte ihrem Ex bei der Scheidung schließlich einiges abgenommen – nicht dass es ihr nicht zustand, jeder Cent davon stand ihr zu, aber vielleicht sollte sie die Kohle jetzt nehmen und in ihren Körper investieren?

Nur, wofür?

Für einen neuen Mann? Kam nicht infrage. Die Vorstellung, wieder mit einem Mann in einem Bett zu schlafen, widerte sie an. Diese Körper, dieser Geruch. Nein. Kein neuer Mann in ihrem Leben, nie mehr.

Für ihren alten Mann? Ihr alter Mann wieder in ihrem Leben? Die Vorstellung widerte sie interessanterweise nicht so an. Also, sie war schon angewidert, aber nicht so sehr, wie von der Vorstellung von einem Leben mit einem neuen Mann. Es konnte ja nicht so schwer sein, diesen Trottel zu verführen. Diese Valeria hatte es ja auch geschafft; die Kunsttitten würden genügen. Er würde genauso an ihren Kunsttitten herumkneten wie an denen von Valeria, rumnuckeln wie an denen von Valeria und dabei grunzen und so dämlich grinsen, als ob sie ihm das Gehirn herausgenommen hätten. Seine Hände auf ihren … Titten. Ja, Titten, sobald Silikon drin ist, sind es keine Brüste mehr, dann sind es Titten. Und darauf seine alten Hände. Aber sie würde immer an Valeria denken müssen dabei … Der Gedanke machte sie schwindeln.

Sie brauchte unbedingt noch einmal einen Schluck … Ex auf den Ex. Wie ging dieses Lied noch mal? *Johnnie Walker … Johnnie, du bist mein bester Freund …* Ex auf den Ex. Sie musste sich den Spruch patentieren lassen. Klang ein wenig wie Sex mit dem Ex … Und das gab es schließlich auch. Sie könnte ihn sich schönsaufen … Ein paar ex und dann Sex mit dem Ex … Sie wusste nicht, ob der Gedanke sie nun mehr anzog oder ob der Gedanke sie nun mehr abstieß. Beides und beides nicht wenig.

LXX

»Es muss hart gewesen sein, als Sie erfahren haben, dass Ihre Frau Sie betrügt«, sagte der Polizist verständnisvoll. »Noch dazu mit so einem jungen Kerl. Eigentlich ja noch grün hinter den Ohren. Ich meine, da ist man die ganze Woche weg und arbeitet und arbeitet für eine bessere Zukunft und dann das … Mich hätte das umgehauen.«

Holzer sah auf, antwortete aber nicht. Er fühlte, wie Tränen in ihm aufstiegen, die er unterdrücken musste. Er wusste nur gerade nicht wie.

»Schon seltsam mit den Frauen, oder?«, fuhr der Kommissar fort. »Das Wichtigste für sie ist Sicherheit. Sie wollen einen Mann, der arbeitet, auf den sie sich verlassen können. Treu soll er sein und brav und ja nicht zu spät nach Hause kommen. Aber wenn sie ihn dann haben, dann reicht das nicht. Dann sehen sie sich um und dann kommt so ein Motorradfahrer daher und zack! Stellen Sie sich mal vor, Sie hätten sich so eine Maschine gekauft, eine Ducati, 900 Kubik, feuerrot, und wären damit los. Was für ein Theater das gegeben hätte! Wie sie Ihnen in den Ohren gelegen hätte, nächtelang: Die Maschine ist viel zu teuer! Du bist verantwortungslos, was soll ich denn machen, wenn dir was passiert … bla, bla, bla. Ist es nicht so?«

Holzer wollte nicken, denn natürlich war es so, konnte sich aber gerade noch zurückhalten.

»Sie fragen sich sicher, was ich denn davon verstehe?«, meinte der Polizist. »Wissen Sie, ich verstehe eine ganze Menge davon. Ich bin 35 Jahre alt und schon geschieden. Hochzeit mit allem Drum und Dran, Kirche, Brautkleid, Haus gekauft, zwei Kinder. Und irgendwann fand meine Frau, dass ihr etwas fehlt in ihrem Leben. Fing dann zu töpfern an, das war's aber nicht. Dann Yoga, das war's auch nicht. Also Meditation, Achtsamkeit, Transzendenz. Und jeden Abend, wenn ich nach Hause kam, lag sie mir in den Ohren damit. Die Yogalehrerin hat dies gesagt, ihr Trainer hat das gesagt, ihr Coach meint auch, dass … und ihr geistiger Führer lehrt jenes. Stundenlang, jeden Abend. Wenn ich sagte, ich hatte einen anstrengenden Tag, meinte sie, sie könnte sich jetzt nicht auch noch mit meinen Problemen belasten und ich solle meine Mitte finden. Und ehe ich es mich versah, war sie mit diesem Meditationsfuzzi zusammen… Weil er viel besser auf ihre Gefühle eingehen konnte natürlich, weil er nicht so ein spießiger Bulle war wie ich … Er wohnt jetzt in meinem Haus zusammen mit meinen Kindern, und sie arbeitet und hält ihn aus. Meinen Sie nicht, ich hatte zwischendurch nicht die größte Lust gehabt, ihn totzuschlagen? Ich sag's ganz offen, die Lust hatte ich mehr als einmal.«

Holzer blieb stumm. Es war ihm klar, wohin dieser Polizist ihn führen wollte. Er durfte sich nicht auf ihn einlassen.

»Ich sage Ihnen noch etwas«, fuhr der Kommissar unbeirrt fort, »und das habe ich noch nie zu jemandem gesagt: Ich glaube, ich hätte es genossen!«

Und genau da, an dieser Stelle, bei diesen Worten, riss etwas in Holzer, und die gesamte Spannung, die er in sich trug, fiel von ihm ab. Er wurde weich, ganz weich. Er spürte, wie seine Muskeln sich lösten, fühlte, wie sein Gesicht sich glättete und sein Puls sich beruhigte. Er dachte an diesen Abend und – ja – er lächelte dabei. Und der Kommissar lächelte zurück. Sie waren zwei Männer, die sich verstanden. Der Kommissar hätte es genossen, Holzer hatte.

»Wissen Sie, wieso ich es doch nicht gemacht habe?«, fragte der Kommissar nach einer ganzen Weile, während Holzer fast versonnen seinen Gedanken nachgehangen zu haben schien.

Holzer konnte nicht anders und er fragte: »Warum?«

Der Kommissar sah ihn sehr offen an, sah ihn so an, wie sich Freunde ansahen.

»Sie war es nicht wert«, antwortete der Kommissar.

Und Holzer nickte.

Dann stand der Kommissar von seinem Platz auf, kam zu Holzers Seite herüber und legte ihm die Hand auf die Schulter. »Und, war sie es wert?«

LXXI

Sie schliefen auch in dieser Nacht miteinander. Nicht so wie letzte Woche, nicht so wild, nicht so derb. Er wollte nicht grob sein zu ihr dieses Mal, sie nicht behandeln wie eine dieser Nutten. Es sollte liebevoll sein, es sollte friedlich sein und verheiratet und – ja, vielleicht sollte es ein wenig so wie Kaffee und Kuchen sein. Und genau so wurde es für ihn, wie Kaffee und Kuchen.

Was wollte er mehr?

Danach hielt er ihre Hand, lehnte seinen Kopf an ihre Schulter und schlief ein, schlief tief und fest und schnarchte ein wenig dazu, während sie auf seinen Atem horchte und ihm sanft über die Brust fuhr.

LXXII

Das Telefon klingelte, der Polizist nahm ab. »Sie haben jetzt Zeit?«, fragte er in den Hörer, »gut, dann kommen wir.«

»Der Richter!«, erklärte er Holzer, nachdem er aufgelegt hatte. »Er hat jetzt Zeit für Sie. Und Ihr Verteidiger ist auch da.«

Er verzichtete darauf, Holzer Handschellen anzulegen, und führte ihn über den Gefängnishof zum Amtsgericht. Dort, im dritten Stock, warteten zwei junge Männer auf ihn. Milchbubis, beide, nur wenig älter als seine Rekruten, das Referendariat gerade erst abgeschlossen, ein, vielleicht zwei Jahre im Beruf. Akkurate Frisuren, glatte Gesichter, glichen sie sich wie ein Ei dem anderen. Wenn der Richter nicht eine Robe getragen hätte und der Verteidiger nur einen Anzug, hätte Holzer sie nicht auseinanderhalten können. Die beiden kannten sich offenbar, denn kurz bevor er in das Richterzimmer eintrat, hatte er noch gehört, wie sie über irgendetwas lachten, um dann jäh zu verstummen, als die Tür geöffnet wurde.

Der Pflichtverteidiger bat darum, mit seinem Klienten kurz allein sprechen zu dürfen, was ihm der Richter ohne Weiteres zugestand. Er brachte die beiden in ein fast leeres Nebenzimmer, verriegelte das Fenster und schloss die Tür hinter sich. Holzer und der junge Verteidiger waren allein. Es war heiß in dem Raum.

»Sie wissen, was man Ihnen vorwirft?«, fragte der Verteidiger.

»Ich soll meinen Mieter totgeschlagen haben«, antwortete Holzer.

»Und?«

»Mein Mieter liegt vermutlich am Ballermann und lässt sich die Sonne auf den Bauch scheinen.«

»Man scheint Spuren von ziemlich viel Blut in seiner Wohnung gefunden zu haben«, sagte der Anwalt.

»Okay …«, meinte Holzer.

»… und offenbar auch Ihre DNA …«

»Aha.«

»Und?«

»Na ja, es ist mein Haus. Ich habe immer wieder ein paar Sachen machen müssen in der Wohnung. Wasserhahn … so etwas.«

»Das heißt, Sie waren es nicht?«

»Genau das heißt es.«

»Und die Sache mit dem Handy?«

»Keine Ahnung«, antwortete Holzer. »Ich denke, meine Frau hatte es.«

»Ihre Frau?«, sagte der Verteidiger und runzelte die Stirn.

»Ja.«

»Wie kommen Sie darauf?

»Na, weil ich es nicht hatte …«

»Okay«, sagte der Verteidiger, klang aber alles andere als überzeugt. »Sie wissen, dass Sie jetzt gleich bei Ihrer Vernehmung nichts sagen müssen?«

»Weiß ich.«

»Manchmal ist es das Beste …«, schob er noch nach.

Holzer zuckte mit den Schultern.

»Na, dann rufe ich den Richter wieder.«

»Machen Sie das.«

Die Vernehmung durch den Richter war nur kurz. Holzer fiel auf, dass er sehr bleich war und einen leichten Sprachfehler hatte. Er war einer von den Jungs, die er früher auf dem Pausenhof verprügelt hätte. Er konnte ihn nicht ernst nehmen. Seinen Verteidiger allerdings auch nicht.

Als der Richter wieder auf das Handy zu sprechen kam, zuckte Holzer mit den Schultern. Keine Ahnung, wieso es am Mittwochabend gegen acht auf einem Weg von der Kaserne nach Hause geortet worden war, wirklich keine Ahnung … und dann klatschte er sich auf die Stirn. Doch, natürlich! Jetzt fiel es ihm ein. Sabine hatte ihn kurz besucht und seine Wäsche mitgenommen. Das Handy musste irgendwie in den Wäschesack gekommen sein. Das war die einzig plausible Erklärung. »Fragen Sie meine Frau«, sagte Holzer, »sie wird es bestätigen.«

Der Richter wurde unsicher und warf dem Polizisten einen kritischen Blick zu.

»Wir werden das klären«, sagte der Kommissar. »Ich werde das klären.«

»Können wir sie nicht gleich hier vernehmen, im Rahmen der Haftprüfung?«, fragte der Verteidiger. »Dann können wir auch sicher sein, dass sie auf ihr Aussageverweigerungsrecht aufmerksam gemacht wird, wie es sich gehört.«

»Sie ist in Emmendingen …«, meinte der Kommissar.

»Und?«, fragte der Verteidiger arrogant. »Es geht schließlich um die Freiheit meines Mandanten. Holen Sie sie!«

Der Richter nickte.

»Es wird einen Moment dauern …«, sagte der Polizist.

»Ich habe heute keine Termine mehr …«, meinte der Anwalt sehr gelassen.

»Gut«, sagte der Richter, »dann ist das kein Problem. Ich bin den ganzen Tag im Haus, Herr Holzer wird sich sicher ein wenig gedulden. Sobald Frau Holzer hier ist, treffen wir uns wieder.«

Es dauerte ein paar Minuten und der Polizist, der Holzer vorhin erlaubt hatte, sich umzuziehen, kam in das Büro und nahm ihn mit. Er grüßte Holzer mit einer freundlichen Kopfbewegung, fasste ihn am Arm und führte ihn hinaus. Er sagte kein Wort, aber nicht aus Unfreundlichkeit. Er sagte nichts, weil es einfach nichts zu sagen gab.

Der Polizist führte ihn in eine Zelle und bat ihn, die Schuhe auszuziehen, weil er die Schnürsenkel herausziehen müsse. Dann fragte er, ob Holzer etwas brauche, vielleicht etwas zu essen oder zu trinken, und ging hinaus, als der verneinte. Die Tür fiel ins Schloss. Holzer hörte, wie der Schlüssel umgedreht wurde, und dann war er allein, mutterseelenallein. Allein.

Es war die gleiche Zelle wie vorhin. Pritsche mit Plastikmatratze, Toilette aus Metall, daneben ein kleines Waschbecken aus dem gleichen Metall, auf dem eine Rolle Klopapier stand, ein kleines Fenster, eine Deckenlampe. Kein Bild, keine Pflanze, keine Decke, kein Stuhl, kein Tisch, kein Spiegel, kein Buch, keine Zeitschrift und – kein Laut. Holzer setzte sich auf die Pritsche und versuchte nachzudenken. Es half nicht. Dann legte er sich hin und schloss die Augen. Er schlief nicht. Er stand auf und versuchte, aus dem Fenster zu sehen, aber es war zu hoch, und Holzer sah nichts als ein Stück blauen Himmels und den Kamm einer alten schmutzigen Mauer. Was war das jetzt? Das Ende?

Was würde sie sagen? Würde sie ihn decken, würde sie überhaupt etwas sagen? Im Grunde hatten sie mit Ausnahme des georteten Handys nichts gegen ihn in der Hand. Und das galt nur für den Weg von der Kaserne nach Hause, nicht mehr zurück, denn er hatte es abgeschaltet. Die Leiche hatten sie offenbar noch nicht gefunden, dafür seine DNA in der Wohnung, aber das war nicht ungewöhnlich.

Würde sie ihn decken? Im Grunde glaubte er es nicht und das machte ihm Angst. Wie ging es weiter mit ihm? Er hatte einen Menschen totgeschlagen. Würde er es aushalten in einer Zelle zehn, fünfzehn Jahre lang? Mit lauter Batschaken um sich? Was würden sie mit ihm machen? Würde Sabine ihn besuchen? Würde sie ihm einen Kuchen ins Gefängnis bringen – wenigstens zu seinem Geburtstag? Am Anfang vielleicht … ein, zwei Mal; mehr gab er ihr nicht. Da machte er sich nichts vor. Sie würde sich schämen, würde fortziehen und ihr altes Leben hinter sich lassen. Sie würde irgendeinen anderen finden, der sie heiratete. Sie würde ihn vergessen. Alle würden ihn vergessen. Niemand war für ihn da. Niemand war je für ihn da. Niemand.

In diesem Wort lag sein ganzes Leben. Kein Vater, der für ihn da war, keine Mutter, die ihn liebte, kein Lehrer, der ihn nicht verachtete, falsche Freunde, die über ihn lachten, die Mädchen, die ihn zurückwiesen, seine erste Freundin, die ihn verlassen hatte, seine zweite Freundin, die ihn auch verlassen hatte, Sabine, die ihm die Hörner aufsetzte, die ganzen Nutten, die er kaufen musste, weil NIEMAND, NIEMAND für ihn da war.

Und in dem Moment verstand er. Verstand sein ganzes Leben, das deswegen verlaufen war, wie es verlaufen war, weil eben NIEMAND und NIEMAND, NIEMAND ihn je geliebt hatte, und ja – ihn niemand auch je lieben würde. Und er begann zu weinen. Und wie er weinte und im Innersten verstand, wieso er so war, wie er war, wieso er einen erschlagen hatte, der geliebt wurde nämlich … da bemerkte er diese Kordel, die seine Jogginghose hielt. An die hatte der Polizist nicht gedacht, an die nicht! Und er erkannte die klare Notwendigkeit. Er stand auf, zog die Kordel aus der Hose, legte sie doppelt und schlang sie um das Gitter vor dem Fenster, knüpfte eine Schlinge, zog die Schuhe aus, die keine Schnürsenkel mehr hatten, stellte sich auf die Pritsche, legte sich, ohne zu zögern, die Schlinge um den Hals, zog fest, holte tief Luft und dann – verließ ihn der Mut.

Und so stand er da, in Socken auf der Pritsche, die Kordel um den Hals. Fünf Minuten, zehn … und zog den Kopf wieder aus der Schlinge und löste die Kordel vom Gitter, stieg von der Pritsche und setzte sich.

LXXIII

Sie holten ihn erst gegen Abend, der Kommissar, der Polizist und sein Verteidiger. So lange hatte es gedauert, bis sie Sabine wieder aus dem Krankenhaus herausbekommen hatten und ihr Arzt mit einer Vernehmung einverstanden war. Sie saß jetzt oben beim Richter, der sie schon einmal über ihre Rechte aufklärte. Als Ehefrau des Beschuldigten hatte sie das Recht, die Aussage zu verweigern. Entschloss sie sich aber auszusagen, musste das der Wahrheit entsprechen. »Haben Sie das verstanden?«, fragte der Richter.

Sabine nickte.

Kurz darauf traten sie alle ein. Das Zimmer war ein wenig kühler jetzt, wie Holzer bemerkte. Er sah seine Frau an, sie ihn. Der Tag hatte Spuren in ihrem Gesicht hinterlassen, einen schmerzvollen Zug, der sie noch etwas schöner machte. Mit den Augen versuchte er ihr zu sagen, dass er sie liebte, fand aber in ihrem Blick keine Antwort.

»Ja«, sagte der Richter, »Frau Holzer … Ich habe Sie ja schon über Ihre Rechte belehrt. Es geht jetzt noch einmal um den besagten Mittwochabend, an dem Ihr Nachbar verschwand. Nachmittags hatten Sie ihn wohl abgeholt, weil er einen Motorradunfall hatte. Trifft das zu?«

Sabine nickte vorsichtig.

»Dann haben Sie ihn nach Hause gefahren … Sind Sie anschließend noch einmal weggefahren?«

Sabine antwortete nicht.

»Sind Sie anschließend noch einmal weggefahren, Frau Holzer?«

»Ich weiß nicht …«, sagte Sabine leise, kaum hörbar.

»Wie kann es sein, dass Sie das nicht wissen?«, fragte der Richter.

»Ich habe ein paar Medikamente bekommen heute …«

»Dann werde ich Ihnen helfen. Ihr Mann sagt, Sie seien noch kurz in Stetten in der Kaserne gewesen und hätten auf dem Rückweg seinen Wäschesack mitgenommen …«

Der Polizist schloss die Augen und legte sich die Hand auf die Stirn.

Sabine blieb stumm, man wusste nicht, ob sie die Frage nicht verstanden hatte oder ob sie nachdachte. Ihre Augen waren trübe.

»Vielleicht sollten wir die Befragung verschieben«, meinte der Richter vorsichtig.

»Nein«, sagte Sabine, »ich erinnere mich wieder. Ich war in Stetten, das stimmt.«

LXXIV

Noch am gleichen Tag wurde er freigelassen. Der Kommissar brachte sie nach Hause. Sie sprachen nicht über die Vernehmung, weder an dem Abend noch am nächsten Tag oder später. Am Montag fuhr er wieder in die Kaserne, sie ging wieder zur Arbeit. So wie früher. Am nächsten Wochenende begrüßte sie ihn mit Kaffee und Kuchen, weil er sich doch neulich so darüber gefreut hatte. Am Abend ging er mit ihr zum Dank wieder zum Italiener. Es wurde sehr schön.

Nachdem er dem Richter klarzumachen versucht hatte, dass er Sabine das Alibi für ihren Mann in den Mund gelegt hatte, wurde der Kommissar für sein allzu forsches Vorgehen bei der Verhaftung und Vernehmung Holzers gerügt. Im Übrigen verbat sich der Richter solcherlei Einmischung. Man brauchte ihm nicht zu erklären, wie er zu vernehmen hatte.

Thomas' Leiche wurde nie gefunden. Im Dorf war man sich mit der Zeit sicher, er habe Reißaus genommen, weil ihm die Sache mit Sabine zu brenzlig wurde. Er hatte anderwärts ja auch noch Luft genug, jung wie er war, hübsch wie er war. Nach einem Jahr kam eine Postkarte aus Brasilien an die ›Kumpels von der Feuerwehr‹; ein paar flüchtige Zeilen in einer ungeübten Schrift, unterschrieben mit ›Euer Thomas‹. Von da an glaubte auch Frank, dass Thomas getürmt war, und bekam eine richtige Wut auf ihn. Er hätte ihm ja mal irgendetwas sagen können, so als Freund.

Steffi hatte einen wirklich tollen Urlaub an der Copacabana.

Die Müller hatte dem Flittchen die Fotos geschickt, aber leider nie in Erfahrung gebracht, wie sie es aufgenommen hatte, was sie maßlos, maßlos ärgerte. Rausgeschmissen hatte sie ihren Ex allerdings nicht, was wohl nur bedeuten konnte, dass sie ihm den Fehltritt verziehen hatte. Nicht einen Funken Ehre im Leib, die Schlampe.

Der alte Bauer überlebte auch dieses Jahr. Die Ducati blieb in seinem Schuppen, gleich neben der verunglückten Suzuki seines Sohnes.

Die Ehe zwischen Sabine und Holzer verlief noch sehr glücklich. Man musste eben manchmal auch etwas dafür tun.

Fand Sabine.

ENDE

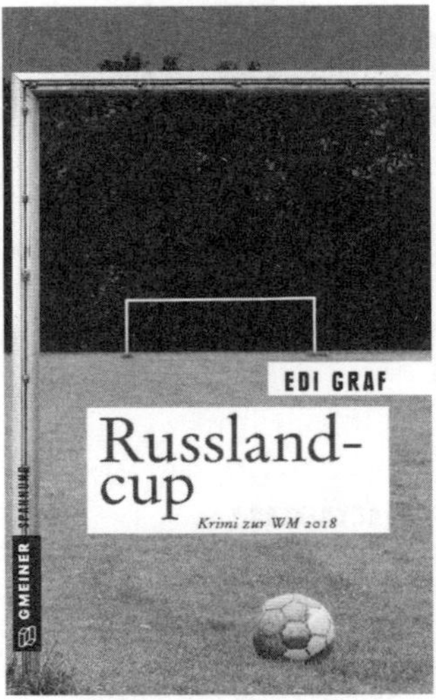

EDI GRAF
Russlandcup

978-3-8392-2253-9 (Paperback)
978-3-8392-5575-9 (pdf)
978-3-8392-5574-2 (epub)

KICK IM DOPINGSUMPF »Kommissar« Rainer Zufall, der in Wirklichkeit »nur« Privatdetektiv ist, findet die Leiche von Gutwart Pfost, Keeper im Kader der Deutschen Fußball-Elf. Über das Gesicht des Toten wölbt sich der aufgeschlitzte offizielle Spielball der Fußball-WM 2018! Bei seinen Ermittlungen stößt Kommissar Zufall auf einen Dopingskandal, der die WM bedroht. Gemeinsam mit dem skurrilen Bestatter Dr. James Smrt und dessen tierischen Gefährten, dem Leichenspürgeier Wallander und der Hyäne Kurt, begibt er sich auf die Suche nach dem Mörder.

MICHAEL KRUG
Wasenknaller

978-3-8392-2275-1 (Paperback)
978-3-8392-5705-0 (pdf)
978-3-8392-5704-3 (epub)

WASENMORDE Der Cannstatter Wasen feiert 2018 sein 200. Jubiläum, zu dem auch der Ministerpräsident des Landes erwartet wird. Doch wenige Tage vor seinem Besuch erhält er eine Morddrohung.

Die Sicherheitsbehörden rätseln, ob es sich um eine erstzunehmende Drohung oder ein Ablenkungsmanöver von rivalisierenden Banden handelt. Mehrere Behörden arbeiten gleichzeitig an dem Fall, ohne sich jedoch ausreichend abzustimmen. So droht zum Volksfestjubiläum ein Showdown auf dem Wasen: Wird der Landesvater überleben?

SILVIA STOLZENBURG
Das dunkle Netz

978-3-8392-2280-5 (Paperback)
978-3-8392-5711-1 (pdf)
978-3-8392-5710-4 (epub)

TÖDLICHE JAGD Als Mark Becker einen Anruf von einem ehemaligen Kameraden erhält, ahnt er nicht, in welche Gefahr er sich begibt, indem er ein Treffen mit dem Anrufer vereinbart. Dieser behauptet, Beweise für etwas zu haben, über das er am Telefon nicht sprechen kann. Als Mark zu ihm fährt, ist der Mann jedoch spurlos verschwunden. Wenige Tage später tauchte eine verkohlte Leiche in einem Waldstück bei Stuttgart auf. Die Obduktion ergibt, dass es sich um Marks ehemaligen Kameraden handelt. Da er kurz vor seinem Tod mit Mark Becker telefoniert hat, lädt Lisa Schäfer von der Kriminalpolizei Mark zur Vernehmung vor. Er scheint tatverdächtig zu sein …

GMEINER SPANNUNG

WWW.GMEINER-VERLAG.DE
Wir machen's spannend

SUSANNE KRONENBERG
Rosentot

978-3-8392-2250-8 (Paperback)
978-3-8392-5671-8 (pdf)
978-3-8392-5670-1 (epub)

FLORA UND TRAUMA Ein vermeintlich harmloser Auftrag führt die Wiesbadener Privatdetektivin Norma Tann nach Bad Schwalbach. Sie wurde engagiert, um als Bloggerin über die Hessische Landesgartenschau zu berichten. Doch als eine verweste Männerleiche auftaucht, wird aus dem anfänglichen Spaß tödlicher Ernst. Nicht weit vom Fundort der Leiche entfernt, wurde vor Jahren eine Fernsehmoderatorin ermordet. Vom Täter fehlt bis heute jede Spur. Norma beginnt auf eigene Faust zu ermitteln – und bald darauf gibt es ein weiteres Opfer.

HARALD SCHNEIDER
Hambacher Frühling

978-3-8392-2215-7 (Paperback)
978-3-8392-5623-7 (pdf)
978-3-8392-5622-0 (epub)

MORDSSCHLOSS Kommissar Palzki nimmt an einer Wochenendtagung auf dem Hambacher Schloss teil. Während der Tagung kommt es immer wieder zu unerklärlichen Unfällen. Als ein nächtliches Unwetter die Zufahrtsstraßen zum Schloss unpassierbar werden lässt, kommt es zu einem weiteren Todesopfer. Palzki ist ermittlungstechnisch auf sich allein gestellt. Er macht sich auf die gefährliche Suche nach dem Mörder. Wird es in der Nacht weitere Opfer geben? Und warum taucht ständig diese mysteriöse Burschenschaft auf dem Schlossgelände auf?

GMEINER SPANNUNG

WWW.GMEINER-VERLAG.DE
Wir machen's spannend